モモ100％

日比野コレコ

河出書房新社

モモ１００％

テニスコートに落ちたそばかすとニキビとほくろとを仕分けるような毎日だった。そう、なんだってどうでもよくて些細《ささい》なことだった。テニスをしているせいで右だけ抱きしめる力がつよい、この少女たちは、みんなお揃いで中学三年生である。彼女たちはいつも、このテニスコートで日々を、ババ抜きみたいに交換した。誰々と誰々が付き合った、という噂話《うわさばなし》がジョーカーだった。ラリーに入れるのは一コート四人のみだから、ラリーの順番を待つあいだ、コートの後ろのほうでそうして女の子たちは額を寄せ合っていたわけである。

光はだんだん絞《しぼ》られていき、スポットライトはそのなかで三番目に背が低い少女を照らす。靴ひもを結ぶためコートに膝《ひざ》をついて、いまその膝についた砂を払ったのがモモである。きのうは雨だったから、このコートの端のくぼみに水がたまっていて、モモはかがんだついでに、そこに木の棒を挿《さ》してみて深さを推測した。六人は、練習が始まる前にはみな一様に膝の裏を伸ばし、太陽のオーデコロンをつけて、朝シャンみたいに日焼け止めを浴びる。

モモはバック側で、コートが空くのを待っていた。目の前の女の子のポニーテールが揺れるごとに行き来する黄色い球。散らばった球が自分の出番をこのコートじゅうで待ち構えている。モモが穿《は》いたスコートのポケットには、ボールが三つ入って膨《ふく》らんでいて、それは、胸にドッジボールを入れて「巨乳巨乳」と言っていた名前を忘れたあの子みたいだ。冷たい風が身体をさすり、冬が生足にぎゅっと吸い付いてくる。今朝《けさ》の通学路で、アイスクリームの抜け殻をひとつと点字ブロックをふたつ踏んできた生の足で、モモはここにしかと立っていた。

こちら側には、モモ以外にもふたりの部員が同じように待っていた。モモが「きのう一睡もしてない」と話しかけると、ふたりの少女は同時にこちらを向く。

「まじ?　よく立ってられるね」

「なんで寝てないの?」

「ママとパパが喧嘩《けんか》しててさぁ」とモモは言う。

ひとりの少女の目が点になって会話に読点《とうてん》を、もうひとりの目がまんまるくなって会話に句点をつけた。

そのときちょうど目の前のコートが空いた。だから、「ママに『殺すぞ』って言われてさ、パパに『死ね』って言われたから、どっちにしろゴールは死みたいなんだ」というセリフを言い捨てて、ボールをひとつ拾って、モモはクロスラリーを始める。

その日の、陽も乗客ほとんどの肩もすっかり落ち切った二十二時の電車で、モモはぱちぱちぱち、と祝祭のようにまばたきをする。

最寄《もよ》り駅から自分の家までの道を歩いていく。街灯は点滅しているものも切れているものもあった。最後の曲がり角を曲がって、あとは家まで一直線だというところまで来たとき、ふと頭上を見上げ、そこに見つけた無数の星の数だけ一気に、ライフルでも撃ったみたいにどどどどどんと心臓が拍動《はくどう》した。おおきなかぶが一気に抜けたみたいに足の力がすっと抜け、歩けなくなり、モモは思わず笑《え》みをボトボトとこぼしてしまう。自分が星野を、あの★野を、ただのひとりの人間を、好きになりすぎているということに驚いたのだった。しかし、そう思ってから、驚いたふりをするのはよくないだろう、と思い直した。ほんとうは全部わかっていたことなのだ。好きな人が増えたぶんだけ、世界には好きなものが増殖していく。夜空を見上げると思い出しちゃうし、それ以外にも、洋服の柄《がら》とか、アメリカ国旗、この世に星野はとても多い。顕微鏡のなかの精子みたいに、流れ星は速度を上げていく。心にはもう置き場所がないくらい、人生の具ももうぐちゃぐちゃで、わたしもう、目ん玉がちぎれるくらい——口角を上げて、歯を外気と触れ合わせ、それから顔を上げる。こんな夜、道端に放置してあるどんなブルドーザーのエンジンだって勝手にかけて、そこからどんどん進軍し、あらゆる革命を起こせる気がしてくる。

だから、当然のようにエビフライのしっぽを食べる人へ。どうしても、わたしの全部を愛し切ってほしい。わたしがでたらめに話したほら話の尾ひれまで食べてほしい。わたしは、来世には絶対、ね、すべての人間を一人残らず好きになろうと思うよ、なると思うよ。だからあなたは、今世で、わたしだけを、好きになってほしいよ。駄目だっつうんなら、うん、でもしゃーないし、あなたの心の在《あ》り処《か》をこの世界中から探し出すつもりもないし、さあ、今ここで、耳をぶっちぎって尻を拭《ぬぐ》えよ。

人は、モモを形容するときに、恋愛至上主義なんてことばを使ってみせるけど、その至、上、主義のいっこ上のところに、ショートケーキの苺《いちご》みたいにモモがいる。棚の上に自分が上げられているなんてのは前提のことで、男1が好きで、男2が好きで、男3が、男nが好きで、でもそれ以上に大切なものがいつもある。

モモにとって生活は手段で武器だった。そして恋愛はその道具だった。だからそのまま、幸福というのも、どこか誰かに向けた銃口《じゅうこう》から飛び出す武器で、人の幸せは自分の不幸せにちがいなく、人の幸せは自分を傷つける凶器以外のなにものでもなかった。

中二のころには一か月に一回、水曜日、体育館でお昼休みに体育委員会の集まりがあり、そのときのモモにとってそれがなによりもこわいものだったことを覚えている。体育委員は各クラスのカーストトップの男女ふたりずつがやると決まっているもので、その年のモモのクラスは「はずれ」だったために、いつもはトップとはとても言えない位置にいるモモがこの大役を任されることになったのだった。だからこの体育委員の集まりは、モモが毎年春休みに、こうなったら息ができないから最悪だ、とゆううつになりつつ金平糖《こんぺいとう》のようにキラキラギザギザした人間を集めて作るクラスのメンバーリストと、人選がまったく同じだった。

校舎とは離れたところにある体育館で行われる委員会の帰り道、皆がわいわいがやがや集まって、クラスの垣根がぐちゃぐちゃに踏み壊されてそれぞれのクラスにまで帰ることになる。そこで自分がひとりぼっちになってしまうことをなんどもなんども想像するたび心がすり剝けていった。

当該の水曜日に何回か学校自体を休んで、何回か保健室に行った。その手段がもう使えなくなったら、自分から先生に「昼休みに相談がある」と言っておきながら、同じ体育委員のともだちには、「先生に呼び出されているからいけない、ごめんね」と嘘《うそ》をついた。委員会が終わるまで話を引き延ばせられればその相談の内容はなんでもよかったから、先生には「うちのクラスにいじめられている人がいる」と嘘をついた。安全なモモの中学生活に、水曜日が殴りこんでくるのがほんとうに耐えられなかった。火曜日の夜、なんどもなんども考えうるすべてのパターンのシミュレーションをした。

この子とこの子が、あの子とあいつが、くっついて話し出すと、私は一人ぼっちにならざるを得ない。先生に言いつける嘘ももうない。シミュレーションは完璧で、つまり、明日の水曜日、昼休みのミーティングをやり過ごすのはもう限界だった。

だからその水曜日の昼休み、四時限目がおわってすぐに、同じクラスの峰尾くんに自分から告白して付き合うことにした。授業のチャイムが鳴って、後ろのロッカーに皆が荷物をしまいに行っているとき、どさくさにまぎれて声をかけた。峰尾くんは、「いいけど、俺、この前相本さんに告白されたの知ってるでしょ。だから――」、「わかってる、誰にも言わない」と答えた。委員会が終わるとすぐに、同じく委員の、隣に座るともだちに、「ねえ聞いて、峰尾くんと付き合っちゃった」と言った。ともだちは驚いた顔をして、力いっぱい騒ぎはじめた。モモは話題の真ん中から一歩も動かずに、きちんとみんなに囲まれて歩いて、教室までたどり着いた。

モモは、自分のことを、圧着はがきを裏からめくるように、膣《ちつ》から身体をめくり上げると、簡単に底が知れてしまう人間だと思う。

恋愛をそういうふうにばかり消費してきて、しかも中高一貫だったから、そのときどきに応じた、細切《こま ぎ》れ、使い捨ての、一度付き合ったというただそれだけの男がたくさんいた。その細切れのレンアイを棒グラフ風に並べていくとすれば、どの音符も五本線の第五線に触れない楽譜みたく、どれもがどれだけ首を伸ばしても子宮には到達しないレンアイだった。

　たとえば峰尾くんは水曜昼休みのモモを一時的に救ってくれたし、男テニのキャプテンだった久野くんは部活内でテニスが一番下手だったモモの立場を担保してくれていた。あるいは、他クラスのともだちに、体育の初回授業で、たとえば「たからじま」なら五人、というように、教諭《きょうゆ》が言う単語の文字数に合わせて、必ず男女混合で、グループをつくってその場に座らなければならない、というレクリエーションがあったよ、と事前に、教えてもらったことがあった。そのゲームは八十人ほどで行われるもので、グループに入れなかった者になにか罰《ばつ》があるわけでもないものの、ただ八十人をその単語の文字数で割ったあまりの、グループに入れなかった者たちが立ったたま赤面するだけ、というようなゲームであった。自分の体育の初回授業でも同じレクリエーションがあるに違いないと確信したモモは、そのゲームを恐れる余り、根回しで、出席番号順に縦の列で並んだときに隣だった権田くんと軽く付き合ったことだってある。

　たいていはその瞬間的な、簡易瞬間接着剤的な恋愛の存在は、モモとその相手だけが知っているものだったから、スポーツ大会の出場種目を決めるために男子たちが教室の後ろの黒板の近くで団子になっているときなど、モモは、自分となんやかんやがあったことがある生徒どうしの邂逅《かいこう》をおかしげに眺めていたのだった。しかし、モモが、この人とは利害抜きで恋愛をしてみたい、と思った人には本当に容易に拒絶されてもきたから、彼を中心点に置きながらクラスに散らばる元恋人たちとの、目に見える距離と見えない距離を目で測るようなことも楽しんでいた。

年齢を重ねるたびに誰もが携帯を持つようになって、いつからか、とうとう携帯を持っていないのは学年で自分だけになった。だから、パンツを売ってＳＩＭ無しのスマホを買った。でもそれは当初の目的に過ぎず、いちどスマホを手に入れてからは、そのスマホを使ってパンツを売ってそのお金でパンツを買ってパンツを売っていた。母親が郵便局で働いていたから、となり町の郵便局まで行って商品を発送していた。田舎の、どこに行っても知り合いがいる町だったから、茶封筒を持ちながらあらゆる場所を右往左往し、自分の居場所なんて、どこにだってない気がしていた。

ときたま靴下や肌着を売ってくれと言う人もいて、そのときは受動的にそういったものも売ったが、能動的に売っていたのはあくまでパンツだけだった。パンツ売りの少女のなかには、公衆便所の床に新品のパンツをこすりつけて汚してから売っている人が多かったが、モモにとってはむしろ実際にパンツを汚すほうがよっぽど楽で、本当に穿いたものをそのまま売っていた。そして、そういった品質が良いものを売る優良な少女は珍しかったのか、リピート率も高かった。汚れてしまった赤い上履きを冗談半分で売りに出すと売れた。その汚れに汚れた上履きのおかげで実際にモモが中学生である信憑性《しんぴょうせい》が高まったのか、売り上げは伸びていく一方だった。

だが、なぜ他のものではなくわざわざパンツを売ったかなんてことは、本当にどうでもよいことで、ユーカリだけを食べて成長していくコアラのような清潔な正しさがモモのなかにはずっとあった。しかし、商品としてのパンツが特別な理由、など存在しなくても、楽しいことだってときにはあって、たとえば、左に、二日穿き替えない、や、トイレのあと拭かない、などオプションの名前を書いて、その横に自分で決めた値段を書いた画像をつくるのは、なんとなく勇気が出なくてずっとできなかったインスタのひとことととても似ていて楽しかった。

モモは、人生のどこかの部分を切り取るとすれば必ずここ、という部分を常に生きている気がしていた。脂肪吸引するたやすさで人生の余剰部分を吸えればいいのにと思った。そうしたら、自分が、まるまる吸われて消滅してしまう気だってした。ともだちの選び方だって自動販売機のボタンを四個いっきに押すのとなんにも変わらない。だれもかもわたしのことを全然理解してくれない。あんなに理解されないと嘆いていた先人たちもどんどんみんなに理解されていって、宇宙船のなかでもラベンダー畑のなかでも核シェルターのなかでも私のことなんて誰も理解しやしない、なんて言っているのはとうとう自分だけになってしまったんじゃないかと思った。

★野との付き合いは今までのどの男とのものとも全く違って、パンツを売ることは今まで生きるためにしてきたどんな食事とも睡眠とも少し違った。右手で星野と手を繋《つな》ぎ、パンツを穿いて、左手で憂鬱《ゆううつ》や退屈たちの頭をなでる。モモの生活はいつからか、落ちそうで落ちない岩みたいに、奇跡的なバランスで安定するようになった。それでも、やはりこのどうしようもない憂鬱と退屈は生き物で、そして日々も、日々もやはり、諦《あきら》めきれずろくろ首だった。モモは虹のように鎌首をもたげる。

なにかを捨てることが、ずっと怖かった。なにかを捨てることができるほど大切なものも見つからなかった。でも、なにかを捨てずにいられるなら、自分の一部分をなんでも切り捨てることができた。つまり、自分を装飾するあらゆる物を捨てないでいるために、たとえば自分の桃色の太ももをくり抜くことや、小指なんかをちぎることなんかが、たやすくできた。なにもかもをその年齢に見合った大きさの背中でしょい込んで捨ててこなかった。いつだって重かった。やめたいと何度も思った。指輪鼻輪首輪腕輪、そんなアクセサリーみたく枷《かせ》をいくつも自分にはめていた。そしてそれは取り外せるものではないのだ、と思い込まされていた。

そう、だからモモには、ヘンゼルとグレーテルのパン屑のように振り返る轍《わだち》もなくて、過去を慈《いつく》しむことはきっとこれからもできない。大小色とりどりすべての枷をここに捨てて行ったら、たぶんなにかの法に触れてしまうのではないかという気さえしている。安全な頭のネジの外し方もかわいい股の緩《ゆる》め方も自分の人の愛し方も、これがあなたの愛し方なんだっていうその愛し方も、いまだ全然わからない。

感情を花束みたいに抱えている。なかには枯れたのもある。光を載《の》せて揺れる水面のような幸せも愛する人たちに向けられた固い背中のような不幸せも、すべて、日々に溶け込むよ。経血がついた布団にしみこませるメイク落としのような、誰かが、なにかが、今に、きっと、あなたに、見つかる。

十八歳ではじめて結婚した星野という名前の男は、まさにその、経血がついた布団にしみこませるメイク落としのような男だった。星野は、「モモ」というより「もう!」とこぼすようにモモのことを呼んだ。中高の同級生だったものの、星野とモモのあいだの関係性は、終始、星野とモモのあいだだけのものに留まっていた。

十五歳のモモの趣味は、身体からちょっとした血を流すことだった。つまようじで歯ぐきを何度もつついたり、ピンで手の指を刺したり、耳かきの耳をかく側ではない方で耳を突き続けたり、ということが、なぜだかモモを安心させた。ぐちゅぐちゅぺ水《すい》のなかでぬらりひょんのように蠢《うごめ》く血や、布団の白いシーツにできるピアスほどの血だま、赤黒く濡れた耳かきの先。じぶんの身体から出てくるものは、それが液体状であっても固体状であっても言葉状であっても行動状であっても、とても気持ちが悪かった。

星野は中学二年生のときに、モモの通わないどこか私立の中高一貫校から、モモの通う中高一貫校に編入してきた。星野は、まるまる、モモのそういった趣味の代替になった。流さない血のぶんだけ、モモのなかには星野があった。じぶんのなかの汚さ、気持ち悪さ、それらすべての代替として、モモには星野がいた。

★野、★野、★野。ノートに好きな人の名前を書くときは、星の五つの頂点のうち左下からはじめて、野、と書いた。星のなかを塗りつぶすこともあった。星野モモ、というより、★野モモ、というほうがしっくりくる。照れくさくて、どんな手紙も、「★野くんへ」と書いたし、メッセージアプリの表示名も「★野」に変更していた。

いつもとは違う時間に、いつもと違う教室のドアの開け方がされた。朝のホームルームにはなぜか教頭がやって来て、「体調不良でハシモト先生がお休みすることになりましたので、このクラスは一時的に私が代わりに担当します」と言った。二週間後、こんどは校長先生がホームルームの時間にクラスに来て、「ハシモト先生があんなことをするとは思っていなかった。彼は私の旧友だ。申し訳ない」と泣いて謝った。ハシモト先生は未成年淫行で学校を解雇《かいこ》され、モモたちのクラスの担任は正式に別の教諭になった。次の週、星野はモモの学校、モモのクラスに転校してきた。それは台風一過の晴天のようで、皆が、そのどこか異物感のある背の高い転校生に注目していた。

優等生のような雰囲気を背負ったその転校生は、口を開くと周りからの印象をすぐに一変させた。当時星野は、部員全員が女の子だった吹奏楽部に入部し、みんなを驚かせた。そのくせ、吹奏楽部ではひとりふたり彼女をつくった程度で、他の恋愛相手は皆テニス部だとかダンス部だとかバトン部から選ばれていた。中学生特有のねばついた自意識が、星野からはすべて抜け落ちているように思えた。

星野がもともと通っていた中高一貫校からこの学校はそれほど距離が離れていない。それぞれの中学で同じ塾に通うものや、同じダンスグループに所属しているものも多かった。情報が回るのは早く、ほどなくして、「星野さ、もともといた中学で、彼女をレイプして退学になったらしいよ」という噂が学校じゅうに蔓延《まんえん》した。

「どういうこと」

「彼女を家に呼んで、そしたらベッドの下に星野の友達ふたりが隠れてたんだって。それで、三人で彼女をレイプしたんだって」

星野が、何組のなになにちゃんと公園のベンチでキスしていた、とか、何年のなになにさんとオナ電をしたらしい、とか、あらゆる噂は絶えなかった。中学生の女の子にはあまりにも卑猥《ひわい》で理解が追い付かない単語が星野の噂のなかにはたくさんあった。噂相手のそのなになにちゃん、の部分をどんな名前に入れ替えて星野に、「星野、なになにちゃんとキスしたってほんとなの?」と訊《き》いたところで、「もち、付き合ってるし、なにもかも最後までやった」と星野がピースすることはわかっていた。星野はどんな突拍子のない噂も100%肯定したから、そういう意味で、どんな噂にでも、星野はその真偽を表明したことはいちどもなかった。

星野のSNSのプロフィール写真は隣にいる女の子が変わるたびに目まぐるしく変わった。一時的に写真に女の子の影がなくなったときを狙《ねら》って、メッセージアプリのステータスメッセージに「★」と書くと星野から「俺のこと?」と連絡がくるのは周知の事実で、ほとんどの女子がそれを試したことがあった。ハゲを売りにするお笑い芸人のような、星野にはそういうサービス精神があった。星野は、どんな小さな綻《ほころ》びを自分に見つけても、そこからテーブルクロスを一気に引くみたいにその綻びを広げられる人だった。そのあとはパラバルーンみたくひらりとすべての事象を大きく覆って、かろやかに周りをけむに巻く。そしてモモは、自分をすべて覆ってしまえるようなものに覆われるのが好きだった。

星野の顔のパーツはよく整理整頓されていたが、かといって美少年ではなかった。やけに細くて背が高く、いつもニヤついていて、悪趣味な悪い男の集団をいつも引き連れていたくせ、その集団のリーダーというわけではなかった。誰よりも露悪的で誰よりも肝っ玉が据《す》わっている、ゆえに面白いと扱われていて、どの男にはどこまでのことを言っていいのかということをきちんと心得ている男だった。集団の参謀のような位置づけでいて、わざとらしくピエロを演じる男でもあった。

あの日星野は、校門に自転車のサドルをいくつか挿した罪で校長室に呼ばれていた。クラスの大多数がお弁当を食べ終わったころに、星野は2の3の教室に戻ってきた。「星野ぉ！」とひとりの男が拍手をし始めて、男子たちのあいだでまばらに笑い混じりの拍手が起こった。

「どうだった？」

「どうだったもなんも、校門にサドルを挿してはいけません、自転車からサドルを抜いてはいけませんってそれ以上でも以下でもなかったよ、当たり前」

「まじで」

「よかったな」

「あと母親に電話かけられて明日学校に呼ばれるのと反省文とこれからの生活態度の向上の監視と、動画サイトにクソ動画投稿してるのも今日中に消せって。あとスマホ没収。あいつ、君の両親に電話かけたいから携帯貸せって言ったくせにそれが最悪なことにカマかけだったから。まあそんぐらいかな！」

星野が投稿した、けんけんぱをしながら学年のかわいい女の子の名前を叫び続けるだけの動画のことだろう。最後のほうに、流れるようにモモの名前も呼ばれていたあの動画だ。学年のほとんどが見ていたから再生回数は２２０回ほどだった。それ以外にも非常識な動画はたくさんあったし、「あんなチャンネル、ちょっとでも拡散されたら大炎上どころじゃ済まんからなあ」というのが生徒たちからの評判だった。

クラスの女子はグループごとに集まって誰かの席を借りたり借りられたりしてお弁当を食べていた。「星野、ヤバ」と、件《くだん》の動画の一番最初に名前を呼ばれた宮野ちゃんは、小さな声で、でもはきはきと言う。

星野の校門サドル事件の顛末《てんまつ》がわかると、皆、聞き耳をぺたんと倒して、食事と自分たちのおしゃべりに戻った。だからそれは突然のことだった。まずは件の動画で一番最初に三回名前を叫ばれた宮野ちゃんから始まった。

「宮野ちゃん俺と付き合ってください」、と星野が手を出し、宮野ちゃんが「は、無理」と答える。今度はひとつ後ろの安部さんへ、断られてまたひとつ下がり、三人目からは、これが星野と男子たちのいつもの悪ふざけだということに確信を持てた女子たちは、もう星野を相手にしなかった。だから女の子は、大仰《おおぎょう》に「ごめんなさい」と言わずとも、首を振ったり手をひらりと振ったりするだけで星野を完璧にフることができた。

星野はこの怒濤《どとう》の告白を一番顔がかわいい宮野ちゃんから始めた、というわけではなく、ただ教室の一番前の一番右の席だった女の子から始めただけだということ、そしてどんな女子でもひとりたりとも告白の相手から外さなかったという事実は、モモをとても感心させた。

自分の席順から考えてちょうど自分に告白がまわってくるタイミングで、モモはトイレに向かった。個室で自分の上履きのつま先をじっと眺めてから廊下に出てくると、星野はやはりそこにいて、「モモちゃん俺と付き合って！」と言った。モモは感情をごまかすように中途半端に笑いながら、プリーツスカートのプリーツをつまんでいた。星野がこちらに向かって差し出した手が、自分をまるごとすくう、ブルドーザーのスコップくらいの大きさに思えた。あはは、えへへ、とふたりは意味もなく笑って、モモは「誰にも言わないなら」と答えた。星野の目が大きくなり、複雑に入り組んだ下の歯並びが見えた。

　ぷくぷくぷくと軽快に口から泡が吹き出してくる。ならもう使われてないシーソーみたくつまんなく釣り合っちゃってる心の、ここんとこの端っこを、心臓が飛び跳ねるほど、ぐっと押してくれやしませんか！　わたしはあなたの人生のモモになりますので、あなたわたしのサクラになって頂けないか。実りますので、あなたには適宜《てきぎ》降ったり、散ったり、してもらいたい。

　星野が教室に戻ってから、「モモちゃんがＯＫしてくれたので付き合うことになりましたぁ！」と茶化す可能性は十分にあった。でも、だとすればモモは「ねえそんなこと言ってないって！」と星野を叩《たた》けばいい、脇の下をくすぐってもいい。星野は、めんどうな言い合いをするくらいなら、なんの迷いもなくそういうことにしておいてくれる、することができる人間であるとモモは知っていた。そもそも星野は噂によると、男であり、女であり、まっすぐ彼女一筋であったり、男女問わず恋人が五人いたりしたのだ。そのうちのどの星野と付き合っても楽しいだろう、とモモは思った。


「星野、三組の女子全員に告って全員にフラれたらしいよ」

「星野、ヤバ」

　あの星野の噂の次の相手が自分になるんだと思うとモモはくすぐったかった。テレビに映りこんだようで誇《ほこ》らしい気もした。

星野は初めてのデートで、黒色のケースに入ったミンティアを一粒食べて、モモに向かってハアッと息を吐きかけたものだった。そう、きついミントの香りがしたのだ。たいそうな道具なんて必要なくて胸はただただ締め上げられた。初めての他人の唇の匂いだった。唇自体はメンソレータムのにおいがして、鼻下は赤ちゃんのようなにおいがして、口の中は、その日食べたお弁当のおかずの味がした。

星野と付き合うようになってから、モモは、キスの仕方がわからないから寝ているトモダチで練習していた小学校の頃が懐かしい、と思うようになった。今じゃあキスだってその先のことだって、その先の先の先のことだってお手の物だ。るんるんで胸を切り裂いて、そのなかにラブを置いて、また左胸を縫った。私はそうしてラブを覚えたよ。嘘を覚えたよ。男の人が好きだ。自分以外の世界人類が全員、男の人だったらいいのになと思う。街にある消火器が、ぜんぶぜんぶ男の人のチである想像をしてみる。ハリネズミの針がぜんぶぜんぶ男の人のチである妄想をかろやかにふくらませてみる。モモは自分を快楽のなかに遺棄《いき》するのが好きだった。リストカットでもよかったけれど、痛いより気持ちいいほうが自分には向いている、と、星野と出会って初めて知った。

武勇伝の規模を大きくすることに、話の聞こえ方をよりおもしろおかしくすることに、星野はいつもやっきになっていた。星野はどんな突拍子のないことをしても、周りの人間を驚かさないでいることができた。星野はそんな自分が好きだった。モモはそんな星野が好きだった。星野とモモの心臓の形は少しだけ似ていて、だから星野は、トップスのロゴや小物でボトムスの色を拾うみたいに、モモのことを拾ってくれたのだ。星野はモモのヒーローだった。最悪で最低で、誰からも一度好かれて二度三度嫌われるような人間だった。ヒーローだった。

星野と手を繋いではじめて突き当たった夏休みだった。部活のあとに汗くさいままで星野に会うわけにはいかなかったから、ここ最近は、行きの服と、練習着、帰りの服、を用意するようになっていた。このジメジメした夏にその重い荷物を抱えて駅から学校までの道のりを歩くからさらに汗に襲われる、というような悪循環にいつもモモは巻き込まれていた。

その日の部活では、アミュランをしていたことを覚えている。運動場を使える部活は曜日ごとに決められていて、その日は、ハンド部が大会前で、いつもは運動場が使える曜日であるにもかかわらず、テニス部はそこに入れなかった。顧問に状況を確認してから、キャプテンは、「二年、アミュランです」と宣言した。

「一周ですか?」

「一周だと時間潰せないから二周」

「二周!」と悲痛の声が上がる。

アミュランとは学校近くにある山を登って下り、ぐるっと一周するコースだった。ただの山というよりは山を切り分けてつくった高級住宅街を縫って走るような代物である。昔この山には白瀬アミューズメントパークという遊園地があったらしく、いつから受け継がれてきた名前なのか、その遊園地が閉鎖しても、いまだにアミュランと呼ばれている。運動部員たちには重宝されているルートである。

そもそも山の上にある学校の校門を出て、さらに山を上っていくと、大きい家にやたら長い車、大ぶりな玄関が並ぶ高級住宅街が冷たくこちらを一瞥《いちべつ》する。さらに奥に入るとそこはきれいに整備された道路が一本通っているだけの森に様変わりし、もう少し進むと、高い木々の横に、色褪《いろあ》せた高い柱が二本と、そのあいだに人がひとり入場するごとに鉄の棒がカチッとまわるあの施設ゲートの、あまりに面影を残さない姿がまだ残っている。

校門まで皆でだらだら歩き、キャプテンが「切り替えようー」と手を叩く。

アミュランを走っている部活は他にもあった。ハンド部や陸上部もしょっちゅうだったし、吹奏楽部もたまにすれ違う。陸上部は、後ろから何度も何度も追い抜かれるとほかの部の士気が下がる、ということで、正面からほかの部活とすれ違えるように逆回りで走らされていた。

校門を出て坂を上っていき、少しするともうマラソン大会のそれのように、部員と部員のあいだにはかなりの差が開いている。本気を出せば最下位から三番目の位置で走ることができるモモだが、今日は、ひとつ前で走る子の背中を見失わないようにしながら、最後尾を走っていた。

日は怒鳴るように照っているが、大きな木々の物静かな影のおかげで、太い太いボーダーのように、暑い、涼しい、暑い、涼しい、と環境が様変わりした。

ふと「モモちゃん」と呼ばれる。後ろを振り返るが、誰もいない。前方も同じだ。ガサゴソと音がして、脇の木々の後ろから人間が立ち上がってくる。

「星野？」と問いかけると、星野はなんとかサウルスのようにゆっくり首を持ち上げる。「どうしたのこんなとこで」

「ふつうに、アミュランサボってただけ」と星野はちょっとにやけた。そして、「モモちゃん体調悪そうだね」とわざとらしくモモのひたいに手を当てる。「これ、100パー熱です」

「そりゃあ。真剣に走ってましたから」とモモも笑う。

車が来ないのはわかっていたけれど道路の真ん中にいるのも居心地が悪かったから、星野ごと道路の端に近づくと、星野としっかり向き合い対峙《たいじ》することとなる。モモは、やっぱり背が高いなあ、と星野を見上げる。なにを思ったのか、星野は口をかぱっと開けてはあっと息を吹きかけてくる。強いミントの香りがする。モモが顔をしかめると星野はしゃくりあげるように笑う。

「なあ、モモちゃんが体調悪くて、それを看病してたってことになれば、俺も無罪放免なんだよ」

「いいけど、じゃあ星野に支えられながらみんなのとこ戻んなきゃいけなくなるじゃん。失うもの大きすぎるでしょ」

星野が顔をしかめる。

「星野って学年嫌われ者ランキングベスト3に入ってるらしいよ」

「何位?」

「それは聞いてないけど」

星野がふと後ろを振り返って、すっかり錆《さ》びて、蔦《つた》に囲まれ、原形をとどめていないフェンスのようなそれを指さす。

「このへんって昔遊園地あったんだって」

「そんな昔でもないみたいだよ。私の親がよく行ってたって言ってたし」

「なんか心霊スポットらしい」

「まあ、廃遊園地だもんね」

風が強く吹く。森の木々はバタバタ慌《あわ》てて、薄い練習着がさあっとはためく。

「行く?」と星野がにやけニキビ面で後方をちらと振り返る。

「そんなの不法侵入じゃないの?」

「違うよ。俺、法律勉強してるから」と星野は言い切り、モモはふっと笑う。

「でも遊園地ってまだあるの？　もう更地《さらち》だと思ってた」

ふたりしてフェンスの奥を見上げるが、例えばジェットコースターのてっぺんや、観覧車などの先が見えることはない。

「もうないんじゃない？　ディズニーとか行ったときは、高速からジェットコースター見えるもん」

「でも、ここの一帯だけ明らかに取り壊されてないじゃん。行ってみないとわかんないしな」

星野がフェンスのほうに向かって歩いていくので、あっち側にもともと遊園地の入り口だったっぽいところがあるよ、と教える。ふたりでそちらにつとつとと向かっていく。

だが、入り口のほうに行っても、遊園地自体がフェンスと大量の木々で囲まれていることは同じだった。どちらにしろ、この森の奥に、金網の向こう側に、遊園地があるとは考えられなかった。

「結局」と星野は錆びまみれの緑色のフェンスに手をかける。「これを越えなきゃ無理っぽいな」

フェンスの上の方には光が注いでいて、フェンスをよじ登っていく星野の頭だけがその光だまりに包まれる。

「星野ってけっこう茶髪じゃない？」

「いや、ピンポイントで光当たってるから」と星野は笑う。

練習用の靴は分厚かったので、靴だけ投げて向こう側に落とし、モモもフェンスの穴につま先をつぎつぎねじ込んで、軽々と乗り越える。降りるときは星野の手を借りた。

金網を越え、森のなかを進むと、だんだんあたりが開けてきて、赤茶色の道がまっすぐ続く。

しばらくその道を辿《たど》っていくと、あまりに目の前が開けたので、思わずはっ、と笑いが出る。だが、主要なアトラクションはここからは見えない。休憩所のような低い建物と、ジェットコースターの入り口だったであろう門、看板などは、落書きまみれで、いまだ存続している。有名なテーマパークを、千分の一ほどの規模にしたようなもので、アトラクション同士の隙間が変に空いているように思った。

星野はその低い建物まで走っていき、中を覗き込む。そのままふらっと中に入って行った。モモはよくできるなあ、と周りを見渡し、この広大な土地と人間の数とのギャップに気味の悪さを覚える。

すぐに星野は、「ここ、トイレだったわ。鏡とか割れてた」と中から出てくる。

田舎の電車の駅のような建物がある。壁にはところせましと落書きがされている。行列整理のポールをジグザグに進んだあと広い階段をぐるりと上がると、ジェットコースターの乗り場まで行くことができる。木でつくられた建物で、モモは一歩進むごとに足でその強度を確かめた。対して星野はすいすいと前を歩いていき、モモは、星野の両足が踏んだ部分だけを慎重に踏んでゆく。高さと規模から考えると、子供用のジェットコースターだったのだろうと思う。

ジェットコースターの乗り物自体は、撤去《てっきょ》されたのだろうか、今はない。コースターが通る線路を挟んで、乗り込む場所と降り立つ場所があって、星野は向こう岸まで勢いをつけてジャンプした。ちょうど電車の来ていないタイミングの駅に似ている線路が下にはあって、地面が透《す》けていて、足がすくんだモモは向こう側まで行けないままでいた。

「そこにいていいよ」と星野は向こう岸で、足をぶらつかせて座った。モモも真似して同じようにこちら岸に座った。

「学力テストどうだった?」とすこし声を張り上げてモモが尋ねると、星野はわざとらしく、手のひらを見せながら首をかしげる。

「俺、今までの経験で、テストの前日にオナらんかったら成績はよくなるってこと知ってんの。まあ昨日は抜いちまったから意味ないけど!」

とうふを切るようにやわらかく、日光はふたりのあいだに差し込んでいる。星野の側が日陰で、モモの側が日向《ひなた》になっていた。モモに、ふと自分の視界であそぶ髪の毛が見える。

「ねえ星野」とモモは星野に手招きする。「髪がね」

「髪ぃ？」

「ふつうの髪ってこんくらいじゃん」とモモは髪の毛にゆっくり手櫛《てぐし》を通して、抜けた一本を星野に向かって掲げる。「見えない！」と星野はそれを掴《つか》もうとするが手は届きそうもない。星野はホームから下りて、線路をていねいに渡って、モモの側のホームに手をつき、ぐっと上がってくる。その両足でモモの体を挟むようにしてしゃがむ。星野は髪の毛を奪い取り、親指と人差し指でつまんで、光に透かして見てみて、

「まあ、知らんけど」と言う。

「まあ、私、もともと髪の毛の量は多いんだけどね。ほら、この前やった理科の実験でさ、髪の毛を顕微鏡で見るやつがあったじゃん。班からひとり髪の毛を提供しなきゃいけなかったんだけど、じゃんけんに負けたから、髪下ろして指で梳《す》いてたら、井本に山姥《やまんば》みたいって言われたもん」

星野は表情を変えない。モモは続ける。

「シャーレに唾を落とすやつもあったよね、ヨウ素液落として紫になるさ。ほかの班、みんな命懸けてじゃんけんしてたのに、星野だけ進んで唾提供してて」とモモは含み笑いする。「宮野ちゃんが、星野と同じ班で初めてよかったたって言ってたよ」

「宮野に唾なんて出させたら男が廃《すた》っちまうぜ」と星野は冗談めかして答えた。

「で、見て。探して」と星野の手首をぐっと掴んで、自分の後ろに引き寄せる。

「なにを？」

「たまにね、すっごい捻《ねじ》れた、ほんとに、ネジくらい太い髪の毛があるの。お風呂に入る前、鏡の前で、二時間くらいそういう髪の毛を探して、一本残らず抜かなきゃならない。もともとふつうだった髪の毛が途中から太く捻れて縮れてくることもあって」

星野は慣れない手つきでモモの髪をかき分ける。自分の頭皮と星野の指の腹がこすれるのがわかる。やがて星野の手の動きは、一本の髪の毛を摑んで止まる。

「これかなあ」

「抜いて」

「抜くよ」と星野は言って、指にその髪の毛を巻きつけ、そのまま抜いた。

さっき星野に渡した髪の毛と、いま星野が抜き取った髪の毛を並べてみる。モモは星野の肩にことんと頭を落とす。視界いっぱいに廃れた遊園地が広がっている。カラスが数羽、鳴きながら、空を幾重にも割る。モモはちらと星野の横顔を見る。星野の目線の先に視線をぽとんと落とすと、自分の二本の髪の毛がある。

二本の髪の毛。糸とネジくらい太さに違いがある。太いほうはツイストパンみたく、何度も何度も捻れている。修羅をくぐってきた髪の毛である。

「去年の秋に生理が止まったときからずっとこれなの」とモモは星野を見る。

「髪から急にこれを見つけたら、血尿が出たときくらい怖いと思うよ」

「気持ち悪い？」

星野の首は振られたのかそうでないのか微妙なところである。風が二回吹いたあと星野は、「俺のママ、風呂上がり毎回俺のチンコずっとしゃぶってたよ、小三くらいまで。そのほうがキモいよ」と笑った。

空気は固く、吸うとそのまま鼻につまって、もう息ができなかった。

壊れきったじぶんから出てくるものは気持ちが悪い。白髪とか、ネジくらいの太さのねじれた髪の毛とか、膣から出てくる梅干し大の血の塊。あんたが持っているそのゴミみたいなやつ、実は希少価値が高くて、とか、その暗い過去、売りに出せば高値がつくよ、といったことを言われるのをずっと、切り株のそばで待っている。株を守りてウサちゃんを待ち、自分を抱きしめて世界を待つ。でも、星野のように自分のすべてを差し出して世界を追いかける人だっていて——そこまで考えたところで星野が手首をつかんでモモを急《せ》かし、ふたりで線路に出る。ジェットコースターは当然のように一番の山場から始まっていたから、線路をよじ登っていくことは難しい。線路の横にある狭い点検通路を辿っていく。太陽から逃れられる場所はここにはないから、光はあらゆる袖のすき間から、身体のすみずみにまで行き渡る。

「なにか罪を犯して、その目撃者とか重要な証人を皆殺しにするのってよくある話だよねぇ」と星野が前を向きながら言う。

「なにそれ？」とモモが笑う。

「俺を目撃した奴ら——まあ中高同じとか塾が同じとか、そういう奴らのことなんだけど——全員殺さなきゃいけないって気がしてるんだよね。もう俺が存在すら忘れた奴だって、俺のことを覚えてるかもしんないし」

声は星野の背中から聞こえてきた。すでに、怖がりのモモがもうそこまで上りようがない、という高さまで星野は上り詰めていた。

「いつもすべてが、まっさらだったらいいって気がしてるんだよ。轍はできた瞬間から消えてくれたらうれしいし。でも死んでも忘れたくないもんに死んでも忘れたいものが混じってるから面倒でさ。だからみんなも、そりゃモモちゃんもさ、俺と同じ学校だったことが運の尽きだよ。ほんとうに」

ガリガリの星野の体の線をじっと、じっと見ていて、目に入る光の量はゆうに許容量を超えている。何度か瞬《まばた》きしても目の乾きと痛みは収まらない。ふと、好きな人の背中に視線で自分の名前を書くと恋が叶う、というおまじないを思い出した。一、一、と書く。次にゆっくりと「し」を書いた。星野の背中とTシャツの間に風が通ってふくらむ。目で風を押し出すようにして、もういちど同じ動作を繰り返す。

「面白い奴はさ、かっけえ奴はさ、絶対いじめっ子かいじめられっ子かどっちかだって言うんだ。ボクサーなんかは全員そのどっちかなんだよ」星野は声と顔と言い方を冗談めかして続ける。「ボクはそのどっちでもないなあ」

好きな人の身体に根を張っているコンプレックスを、ぜんぶ引っこ抜いてあげたいと思うのはきっと愛だろう。罪悪感のメーターを完全犯罪で盗んでやりたい。でもそんなことは不可能だから、きっとなにか壮大な理論に反するから、もともとそんなものを持ち合わせていない人間を好きになりたいとモモは思う。「星野！」とキャプテンを指名するみたいに呼んでみる。

好きな人がたとえ人を殺したとしても、あっけらかんと笑っていてほしい。あなたの表情をどうしてもどうしても曇《くも》らせたくない。顔に雨が降るなんてもっともっともってのほかで、自分がこの世界で一番なのだと、思わせ続けてあげたい。

星野がジェットコースターの線路の先っぽに立っていて、モモはまた戻って駅の部分に座っていて、ちょうど海賊船の船長と船員のようだった。星野が発着所まで降りてきて目が合うと、モモは口角をぎゅっと持ち上げてウインクしてみせた。「なに？」と星野は笑う。

「ねえ、星野はさ、女の子の形がどんなに歪《いびつ》だろうと、なんていうか、もうアメーバみたいになっててもさ、本当に、ぜんっぜん、気にしないじゃん」

雲がのっそりと動いて太陽を隠し、ほんの一瞬のぎらつきともとれる翳《かげ》りののち、焦げつくような明るさに戻る。

「だからって、外見より中身を気にしてるってわけじゃないんだろうけどさぁ」とモモは言って、星野の表情を見る。星野はモモの顔を視線でくすぐるように、そしてそれを楽しんでいるように笑っている。

「別にきれいな身体も心も顔もさぁ、俺は大好きだけど、傷まみれの身体と心と顔だって、それはそれで愛そうと思うんだよ」

星野の誠実さが好きだった。この世のどんな人間とでもヤれるような誠実さが好きだった。学年でいちばん人気がある女の子と、いちばん存在感のない女の子、それにわたし、全員として、だからなんだよって態度をとるようなところが好きだった。モモの喋《しゃべ》ったことがすべて嘘でも、性別がたとえなにであろうと、女子のように見えるというそれだけで性欲を向けてくれることが有難かった。クラスの女の子全員に告白すること、女の子誰とでもすること、星野はとても平等だった。それは、「トクベツ」よりも、ずっとずっと安心できることだった。自分がたとえ特別からこぼれ落ちても、身体や心がボロボロになっても、平等に愛してもらえるからである。

涙の芯《しん》はモモの目の奥をつつくのをやめないから、その芯を攻撃するという意味で、何回か強く目をしばたく。わざと太陽を直視して、まぶしげに目を細める。

「でもそんなの、そんなのは、星野に申し訳ないからさぁ」とモモは言って、涙を身体の奥、心の中心くらいまで沈めてから続ける。「明日からはさぁ、歯が少なければ少ないほど美しいっていうふうにすればいいんじゃないかな。美しくなりたければ歯を抜けばいいし、のっぺらぼうでいたければそのままでいい。すべてが歯の数で決まればいいよ、年収も、学歴も、美醜も、才能も、運も。この前近藤と水族館行ったとき、見たのね。イッカクって、あの眉間《みけん》から突き出してる牙みたいなやつが、長ければ長いほどモテるんだって」

「近藤とかセンスないな。このパンツ売り女」と笑いながら星野はズボンのウエストの部分に手をかける。右の上空を見つめて、わざとらしく眉根を寄せて顔をしかめる。銅像みたい、とモモは星野を見上げて笑う。星野はウエストを摑んでいた指をいくつか折って両人差し指で自分の股間を指す形に変えて、「舐めて」と言い、モモは卓球のピンポン玉を返すように「キモい」と言う。星野は凪に押し出されるように笑う。

校内で発せられる「キモい」のほとんどを、すべてこの身で受け止めるこの男だ。噂の大半の主語で、悪口のたいていの矛先《ほこさき》で、モモの銃口オブラブがすべてかの男に向いているというその男だ。

ああわたし、一目惚れと自惚《うぬぼ》れを空目《そらめ》して、セックスよりも素敵なお茶を好むってわけにもいかないままで、あなたにわたしにこの身体に、抱きしめ線をつけてほしい。あなたの腕のぶんだけ凹んでみたい。とすら言えなくて、星野の臍《へそ》とのあいだ、数十センチの距離を齧《かじ》る。

十四歳、モモは、それがどんな基準を下敷きにしたものでもいいから、クラスのなかを一位から四十二位まで明確に順位付けてくれるものを希《ねが》っていた。そうしたら、自分がもがき続ける必要はなくなると思った。星の数ほどある正しさにヘキ・エキしていたから、人間の順位が一から八十何億番目まで、ボクシングで決まればいいと思った。テストの点数のみで決まる塾の席順が好きだった。歯の数で決まる美しさ。なにもかもが不安定なティーン時代に、それを摑んでいれば未来永劫《みらいえいごう》安心だ、という絶対的なものを欲していた。

それでも、星野と一緒にいると、そんな順位付け自体は無意味なんじゃないか、人類は、クジャクの羽根のひとつひとつの目玉のように、美しく、はなればなれに、配置されているんじゃないか、と、巣で親鳥の帰りを待つひな鳥のように、信じることができた。


モモは帰りの電車のなかで、星野のあのにやついた顔を思い返す。

あの男はいつも、わたしの、このわたしの、傷まみれの身体と心と顔を、それはそれで愛する、と宣言した。そしてそれはモモにとっていちばん大切なことだった。もし自分が不老不死ならきっと何度だって死んでみていたのだ。愛されるということは不老不死になるということだ。向けられる愛の数だけ体には命綱がマフラーみたくやさしく巻き付く。

電車の窓の外は、太陽に左側から当たっていたモモの日焼けと同じく、左側だけが赤く腫《は》れ上がっていた。眼球に揺れる赤を反射させて、モモはうつろにまばたきをする。学校を燃やすことより金閣寺を燃やすことのほうが大事だなんて、そんなわけはなかったんだよ。前髪の流れ方よりセックスが大事なときなんて一秒もなかった。

小惑星なんかが宇宙の果てから飛んできて、地球が滅亡するということになったその日に、生理の二日目であってしまうような不甲斐《ふがい》なさが自分にはあると思う。星野と過ごそうにもそれじゃ一緒に過ごせないかもしれない。地球滅亡十分前にナプキンを替えるのかもしれない。はあ、と透明なため息をつく。そのため息は薄く広がってとんでもないほどの大青空を透かしてみせ、モモはそこからちっぽけな太陽をのぞき見た。

玄関に踏み入り、かかとから靴を脱ぎ落とす。

安いミュールを履いていったから、足全体の皮がおもしろいくらいに剝けて、血まみれになっていた。ミュールのひもの跡が足の甲についていたから、靴を脱いでもまだ履いているみたいだった。赤い靴だ。ぐっと足に力を入れると傷跡はたやすく開いてめちゃくちゃに痛んだ。

安い団地のユニットバスの湯船にお湯をためた。この作りが甘い湯船にお湯をためるといつもトイレの側のタイルまですべて浸水して、青いバスマジックリン、緑色のスポンジ、乳白色のトイレブラシやらがぷかぷか浮いた。

鏡の前で自分とにらめっこすると、自分の髪と自分の髪もにらめっこする。ひとつまみ分髪の毛をとって、鏡の前の自分に差し出す。干し草のなかの一本の針を、十万本の髪の毛のなかの百本の白髪を、五十本のネジくらいの太さの髪の毛を。白、見つけて、ちぎって、白、見つけて、ちぎって、ちぎって、針、見つけてちぎって見つけてちぎってちぎって、そのどれもに、ひとつひとつに、原因がきっと、あるのだ、と思った。これは星野でこれは宮野ちゃん、これも星野でこれも星野、宮野ちゃん、あと井上、おかーさん、お義父《とう》さん、兄のリュウと、弟のリュウ、峰尾に近藤……。白くも規格外に太くも、捻転《ねんてん》してもいない髪の毛一本一本にも、きちんと理由があるのだと思う。そのぶんだけ自分は前を向く必要がある必要があるのだ、と言い聞かせる。洗面ボウルには、ライブ終わりの会場に降る銀テープのように、無数の髪の毛が散らばっている。

服を脱いだ。パンツを百均で買った茶色い封筒の中に入れた。明日部活が終わってから郵便局に持っていこう、リュックの内側の、なにに使う用なのかほんとわかんないね、とみんなが笑う、背中の部分のポケットに入れよう。この生活すべてがまるっと、パンツを売らなければならない理由である、と思った。

まずシャワーの蛇口をひねると、三十七度のお湯が、クラッカーのようにこちらに向かってくる。髪を濡らし終わると、おしりを浴槽の床につけ、肩までお湯に浸かり、両足は浴槽の外に投げ出した。死にかけの昆虫のような体勢だ。浴槽から突き出た自分の足をじっと眺める。

お湯の外に足だけ出して浸かっていると、日焼けで皮がめくれた手の指がじんじんした。疲れがどっと押し寄せてくる。小さい気泡《きほう》が身体じゅうに付着して、そこに触れるとつぎつぎに泡たちはじゅわじゅわと消えてゆく。泡がついた陰毛は塩昆布のようだった。自分の足をグーパーグーパーさせてみた。意識に連動して足の指が伸びたり曲がったりする。気持ちわるい、とモモは思った。とくに小指がおぞましかった。親指の四分の一もない、不格好で小さな肉のかたまり。ぶるっと身震いをした。手を斜め上に伸ばして、その小指を触ってみた。いろんな方向に曲げてこねくりまわすが、いっこうにこの存在意義がわからなかった。

ふと、モモの頭にある奇妙な考えが浮かんだ。

この足の小指が私に付いているのではなく、私のほうが小指に付いているんじゃないか。私はいわば小指の付属品なのだ。そう思うとなんだか怒りのようなものがこみ上げてきて、それがくっきりした輪郭を持つまでにそれほど時間はかからなかった。

モモはまず右足の小指をゆっくりとねじった。少し抵抗感があったが、ねじり続けていたらぽろっと取れた。ぶどうの粒を手でちぎるくらい、いやそれよりもあっけない。取れたものに少し力を加えると、ほろほろのクッキーを押しつぶしたときのように手の中で粉々になった。それをそのまま湯船につけ、手を洗う。小指は思った以上に頼りない、小さなものだった。続けて左足の小指ももぎ取った。片方だけちぎったのでは非対称だと思ったからだ。そうしてモモの足指は合計で八本になった。長い長い睫毛《まつげ》が一本抜けたときとおんなじ気持ちだ、と思った。足を水に触れさせないように、浴槽の端と端に立って、足をハの字形に広げたまま頭を洗う。身体を洗う。バスタオルで自分から水滴を引きはがしながら、モモは頭をごつんと壁にぶつける。

高校一年生の十一月も終わりかけ、文理選択をどちらにするか迫られていた。これまでに席替えが三回あったが、モモの席はいつも、星野を将棋の王に見立てると、一手でその手の内に入れられてしまう位置にあった。星野の席番が書かれたくじと、モモのそれが、ボックスのなかで手を繋いでいるんじゃないかと思った。だからこれからも、例えば星野とモモが離れ離れになったとして、星野のカケラとモモのカケラどうしが接着されたままであると信じていられた。

星野の誕生日はまだ先、モモの誕生日はやっと終えたくらいの時期だったから、ふたりは一歳差だった。じゅーごとじゅーろくの一歳差はアザラシとアシカを一緒くたにするくらい変な感じで、わずかな年齢差の間に吹くすき間風がくすぐったかった。学校からの帰り道、お互いがあと少しずつ年をとったら、結婚してもおもしろいかもねぇ、と笑って話していた星野の顔が、だんだん真剣になっていったことを、未来に繋がる重要な伏線として、かぎりなく鮮明に覚えている。もしかしたら、それはほんとうに、おもしろいんじゃないか、と星野は言った。モモは喜んだ。でももちろん、たまたま星野が結婚をおもしろがる時期に結婚の道具としてのモモが隣にあっただけであるということは、わかっているつもりだった。

もともと、折々の手紙はお互い婚姻届《こんいんとどけ》の裏に書くようにしていた。表の自分のぶんの記入欄にもすべて記入しきるように決めていた。手紙を書くときに星野がいつもそうするから、モモもいつしかそうするようになった。それも、星野のモモに対しての恋愛姿勢がとりわけ特別だったというわけではなく、星野にとってそれが、家に入るとき靴を脱ぐということくらい当たり前の習慣であったから、というのは星野の元カノの裏垢を見てから知った。婚姻届出してみよーよ、と言うときの照れ臭さを、「婚《コン》姻届《イントドク》」とわざとらしく言い間違えることで解消させようとするところまでもが同じだった。星野は一度関係を持った女の子を、カードゲームのカードというよりは、愛しさと敬畏《けいい》を持って、社長室に代々の社長の写真を飾るように、その気になれば有効な婚姻届で記録していたのだった。

足りないのは、結婚の証人、戸籍謄本《こせきとうほん》、それに二年間、だった。結婚の証人は、成人している星野の姉と、その姉の任意の友達に頼むことになった。星野の姉は、モモに会わせてくれないとそうする約束はできない、と主張したから、かなり渋ったあと、モモが星野の家に招かれることが決まったのだった。星野の家に向かう道すがら、ちょうど星野と出会った頃によくヘッドフォンの奥から耳の奥へ、そして心の真ん中に、たえまなく注がれていた曲を聴いていると、なにかが大きく変わるという当時の日々の軋《きし》みがやっぱり聞こえてくるようで、胸はどうしようもなく高鳴った。

星野の家は広い道路に面する大きな一軒家だった。一番下は駐車場になっていて、玄関はその横の階段を上った先にあり、周りを広い庭が取り囲んでいた。大きなピアスを両耳にぶら下げた星野のお母さんは、「いらっしゃい」と微笑んだあと、モモの隣の星野に「今年、もう蜂の巣ができてたわ。本当はモモちゃんに間違って怪我《けが》なんかさせる前に駆除しておくべきだったんだけど、今日の今日まで気が付かなかったの、だからできるだけ早く駆除しておいて」と言った。バイオリニストだと事前に聞いてモモが想像していたその母親像と実際の星野の母は、身なりが思ったより適当であること以外は、ほとんど一致していた。


吹き抜けのあるリビングの大きなテーブルに向かい合って、キッチン側に星野の母親と星野の姉、大きな窓側にモモと星野が座った。冷たい風が吹いてカーテンが揺れるたび、光の粒が木のテーブルの上で金魚のように泳ぎ回った。

「モモちゃんは文系に行くの？」と星野の母親が訊いて、「はい、そのつもりでーす」とモモはスプーンに口を付けたまま上目遣いで母親を見上げる。

「星野はもう決まってるんだっけ？」と星野に尋ねると、「この子は医学部に進学させるつもりだから」と星野の母親が答える。

「絶対無理ぃ」と星野がすかさず冗談のように言う。モモはこれまで交わしてきた星野との会話で、星野の冗談交じりのＮＯは気の進まないＹＥＳということを経験則で理解してきたから、星野はもしかして母親に従うつもりなのかな、と少し驚いてしまう。

「そりゃ充《みつる》くんはこう言うけど、でもほら、たまきちゃんがね、こんなふうになっちゃったから、充くんだけはね」と星野の母が姉を小突くと、姉はところてんを落とすようにするんと笑う。

「たまきは高校までは頑張ってたけど、大学で悪い仲間に騙《だま》されてダメんなったんだよ」と星野がモモに説明する。

「たまきちゃんも充くんくらいの年までは頑張ってくれてはいたんだけどね、でももうこんなふうだから、できるだけお母さんはたまきちゃんには関わらないことに決めたの、たまきちゃんだってそれを望んでたんでしょう？　たまきちゃんにだって、ほんとうは音大に進んでほしかったけど、一度逸《そ》れたらもう戻れない道だから。その分、充くんはまだ十五歳なんだから、充くんのことを、たまきちゃんのようにするわけにはいかないし」

娘からも息子からも息子の彼女からも応《こた》えがないから、母親は息子に狙いを定める。

「充くんだって、これまで使ってきた塾代が馬鹿にならないことくらいわかってるでしょう？」

「確かに。外車が買えるねぇ、でも外車も買ってね」と星野は屈託《くったく》なく笑う。

星野の姉は、その母の大きな手でやさしく握られた悪意と対峙するたび、なにも起こっていないし、これからもなにも起こらない、というような毅然《きぜん》とした態度をとった。かと言ってその悪意を誰も食べないわけにはいかないから、代わりに星野がそれを冗談交じりに平らげてみせるのだった。モモには、この姉弟の、長年の母親との戦いで研ぎ澄まされたコンビネーションが容易に見て取れた。

母親がつくってくれたクリスマス仕様の夕飯をほぼ食べ尽くした頃に、母親が、「次はこの子を、モモちゃんのご両親に挨拶《あいさつ》させてね」と申し訳なさそうにモモに向かって言う。「ご両親はなにをされている方なの？」

モモが答えに窮していると、星野の姉が「充の小学校の卒業アルバム、見る？」とモモに向かって尋ねる。星野が不平不満を述べるかと思ったけれど、予想に反して、姉の言うことを驚くほど素直に受け入れて、少し肩をすくめただけだった。

星野の姉に連れられて、ひとつ階段を上った先の突き当たりにある、ただ余ったスペースを埋めるためだけに作られたような細長いへやに着く。壁には所せましと本棚が作り付けられてあり、人ひとりが通るのがやっとだった。その上人が動くたびほこりが舞って、モモはくしゅん、とくしゃみをする。

モモは、星野の姉のことを、その頭のてっぺんから言葉尻まで、すべてがまあるい人だと、自分がべたべた触っても、こちらに危害を加えない人だと認識した。本棚の一番下の段から星野の卒アルを探すきれいな形のボブヘアがまるっとそれを象徴しているようにも思えた。身長もモモより十センチほど低くて、五歳児のような話し方をする人だったから、晴れの日に雨傘を差そうなんて思ってもみないように、この人に敬語を使おうという選択肢《せんたくし》は脳に浮かびあがらなかった。

姉は、星野の小学校の卒アルを開き、ちょうど弟の顔の部分を人差し指で押しながら、なんともないように話す。

「この国にある小学校のほとんどぜーんぶで、いたずらで非常警報装置が押されたことはあると思うんだけど、それはつまり、各小学校にひとりずつ、あれを押す子どもがいたってことで、それで言うと、充が通っていた小学校だと、その誰かは充だったの」

モモは少し誇らしげに、星野を震源地にしてあのサイレンが放射状に鳴り響いてゆくところを想像してみる。想像のなかの、けたたましい音の中心で小学生の星野はやはり、自分がしてしまったことに怯《ひる》んでいるわけはなく、いつものようににやついているのだった。ふと、さっきの食事の席での星野の妙なしおらしさを思い出して、モモは「星野は、家にいるときと学校にいるときじゃ、だいぶ感じが違うと思うな」と言う。

「知ってるよ。だからいつもたまきがお母さんのふりしてるの」

「どういうこと?」

「充はいつも緊急連絡先に、続柄《つづきがら》は母って書いて、たまきの電話番号を書くの。必要があったら学校に行ったりもするよ。たまき、童顔だから。この前も、充が校門にスッポンをくっつけたとかなんとかで、モモちゃんの学校の校長先生と話した」

「童顔じゃだめなんじゃないの? 母親役なら老《ふ》け顔じゃないと」

「違う違う、童顔で、大人なのに、中学生みたいに見られる人がいるでしょ。それなら童顔のたまきはどうせ大人になっても中学生みたいに見られるわけで、だから、中学生で大人のふりができるの」

「じゃあさ、星野のこと、疑ってるわけじゃないんだけど、レイプして前の中学を退学になったってほんとなのかな、小学校くらいまで母親に咥《くわ》えられてたってほんとなのかな」

「どっちも、部分的には、本当のことだと思うよ。その、充に無理やりされたっていう噂の女の子と、たまきも会ったことあるし、多分、その日もたまき自分のへやにいたし。なんもわかってないちっちゃい充が、お風呂上がりに、中指みたいに勃《た》ったアレふしぎそうに押さえて、身体拭いてもらいにたまきのところに来たこととか、何度かあったし」

ちぐはぐな人だと思った。この人はあまりにも素直な人のように思えたから、星野の殻をすべて壊せばこのような、殻の剝けたえびのようなやわらかい人格が出てくるのかなとふしぎに思った。ふたりの目が静かに合う。

「ねえ、モモちゃんのとこの家庭、フクザツだってホント?」

「なんで知ってるの?」とモモはすこし目を見開いて、驚きの理由をもうひとつ見つける。「だって、星野にも話したことないのに」

「充が、家族関係のことはモモちゃんに訊くなって言ってたから。充がそういうの察するの、なんとなく得意なの、モモちゃんだって知ってるでしょう?」

水が流れるように素直にうん、知ってる、と頷くと、星野の姉が「フクザツ？」と繰り返したから、モモは悩みながらも返事する。

「うーん、そんなに複雑でもないだろうけど、でも、兄弟にまったくおんなじ名前のふたりがいるくらいは複雑かも。弟とお義兄《にい》さんが両方『リュウ』で、字は違うんだけど。でもママとお義父さんは、奇跡的におんなじものを持ってた、みたいに、それすら運命の一ピースにしたがっていて」

「ふうん、たまきも大概だけどねえ」

「たまきさんも？」

「たまきって呼ばないでよ」と星野の姉は唇をとがらせてから、「サンタ」とだけ言った。

「サンタ？」

「サンタって呼ばれてるの。ママの旧姓がさんどう、だから、さんどうたまき、略してサンタ」

たとえば丸腰の人を前に防弾チョッキを着る必要はないから、モモとサンタの会話は必然的に、まるくてやわらかいロールパンを順繰りに手渡しするような形式に帰結した。

桜の木の前で小さなサンタが幼い星野を抱えている写真を見せてもらって、モモは「ねー」と笑い話として話し出す。「桜とか紫陽花《あじさい》とか、ふつうの家族はお花見に行くじゃん。でも私、春限定パッケージのビール缶に印刷された桜の絵、桜の花びらが舞っているやつ、ああいうのしか見たことなかったの」

「たまきのへやの窓の前に、桜の木があるよ。三階にあるからちょうど、桜の木の、花がいっぱい付いているところの高さなの。春には、ベランダに桜の花びらの絨毯《じゅうたん》ができる」

目の前でにこにこ話すこの女の子の名前を呼ぼうと思って、しかし、サンタ、と呼び捨てするのも憚《はばか》られたから、サンタさん、と口の中で練習すると、真っ赤なサンタクロースが脳の中でこちらに手を振る。右足、左足、とおずおず踏み出すように、サンタ、ちゃん、と声に出す。

「ねえ、こんなこと」と内緒話のようにモモは話し始める。「これまで言ったことなかったんだけど、ママが全然帰ってこなくてお腹が空いて、ママの埃《ほこり》の被《かぶ》ったレシピ本の、写真を舐めてたこともあった。ううん、一ページちぎって食べたりもした。あいう、ちょっとつるつるの厚紙って、ふつうの画用紙とかより、何十倍もおいしいし。お家のゴミ箱を漁って、食パンの袋を口にこうやってかぶせて、空気を胸いっぱいに吸って、空腹を満たしてた。窒息《ちっそく》しかけて、意識、失ったこともあった」

モモは、両手を軽く曲げてその顔を覆い、口をふさいでみせていた。その状態でちらとサンタを見る。

「水ないときはさ、乳液飲むんだよ。そうそう、水道水、止められてたから。化粧水のほうが水っぽいからふつうはそっちを飲むと思うでしょ、でも、化粧水ってすんごい苦いんだから、飲めたもんじゃないの。あと、ディズニーからママへのご機嫌とりでママの彼氏が買ってきてくれた懐中電灯があって、光がね、プリンセスの模様なの。それを夜中に点《つ》けて、あれが星だと思ってた。なんの勘違いかわかんないけど、自分のうえのほうで光っているものが『星』っていうものなんだって思い込んでたの。おもしろいのが、小さい子ってね、『夜空にはお星さまがあるんだよー』って幼稚園とかお母さんとかに教えてもらうわけ。でも私、いっさいそういうのなかったから、星がなんであるかさえ知らなかったの。ちなみに、小二で初めてじゃんけん知って、小三でアルプス一万尺《いちまんじゃく》知りました。これ、やばいよね?」

「やばいよぉ」サンタの髪の毛が一束、ひょいっと肩の向こう側からこちら側へ飛び越える。

「でもさ、幸せって絶対どこかにあるはずだよね。だって、幸せとか愛とか歌った歌、死ぬほどあるんだもん」とモモは言って、「愛すべーきー」と口ずさむ。

「よくママにさ、テレビのリモコンとか暖房のリモコンとか隠されたりしなかった?」とサンタは訊く。

「したした」

「そんな感じでしょ、たぶん幸せのこともママがいつもみたいに隠してるの、それか、捨てちゃったの」

と、サンタが手を滑らせ、絨毯に携帯を落とした。取り上げて確認するが、傷はつかなかったようだった。

「今はふつうに落としただけだけど、モモちゃんは、だれかの興味引きたくて、なにかを落としたことってない?」と、サンタは携帯にもともとついていた傷を手でなぞりながら言う。

「ある、一回電車のなかで携帯落としたら、みんな心配そうに見てくれて、それで電車のなかで携帯落とすのくせになっちゃったことある」

「どうしよう、わかるよ、あるあるだよね」

ふたりが身を折って笑う。世間的にはあるあるではなくとも、モモが「ある」と言いサンタがそれに「ある」と同調すれば、それはやはりあるあるなのだった。

「モモちゃんさ、充と付き合う前、五、六人と付き合ったことあるけど、全員と三日しか続かなかったんだっけ?」とサンタは口もとに笑みを残しつつ訊く。

「そうだよ」

「五かける三で十五日?」

「うん」

「じゃあ、やっぱり、モモちゃんとたまきは似てるよ。だってたまきだけだったの、給食食べてるとき、箸が落ちても、箸を洗いに行かないでそのまま食べるの。たまきの雑巾《ぞうきん》だけ、いつもちょっと変だった。だって、あの頃みんな無邪気な、子供の目をしてたはずなのに、たまきだけ、気持ち悪いほど目が据わってた」

この瞬間に、モモとサンタは、自分を不幸だ不幸だと貶《おとし》めることで、世界が自分たちを置いて上昇していくのを防いでいた。みんなが上がっているのではなく、自分たちが沈み続けているのだと思い込みたかった。置いてけぼりにされるより、能動的に不幸に飛びこむほうが、ずっとずっとましだった。だからあくまで、あの絶望のちょっとした苦みがくせになるんだよねえ、みたいな言い方をした。

「たまき、女の友達いたことないけど、こんなふうに、モモちゃんと話せてよかった。たまきたちみたいなのはやっぱり、奇跡的に、弟とかお兄ちゃんとか共通の知り合いの男とかを通じて、こういうふうに出会うしか、それ以外に方法はないんだろうねぇ。だってたまき、出会ったばっかだけど、モモちゃんといると安心するの、だって、絶対、たまきたちって幸せにはなれないじゃない？　それって確定事項でしょう？」

「そうだねえ」とはモモは答える。

怖《こわ》い顔をしたつもりはなかったけれど、サンタが「モモちゃん、そんな怖い顔しないでね」と言う。「たまき、ほんとに人を傷つけようと思ったこと、一度もないから。あのね、別に意図してなくても口から言葉が出てくるのね、大した言葉じゃないから、ちっさなやつだから、だからこんなに簡単に出てくることができるんだけど、うん、おっきなものは口を通らないから。でも、それで嫌われることが多かったから」

サンタには、モモと同じように、ひとまず、なにかに身を任せることが必要だったのだろう。手の大きさが足りないからピアノを諦めた、爪の長さが足りないからネイルを諦めた、そんな小さな手のひらで、なにかを摑まなければならず、なんでもよかったからこそ、恋愛が適当だったのだろう。

サンタは、小学校のときには男子を追いかけながら休み時間を過ごしていたという。中学のときも同様、自分を取り囲んでしまうタイプのダサい男子たちと力いっぱい楽しく時を過ごした。学年で一番嫌われている顔じゅうニキビだらけの男と、将来お互いが童貞と処女のままであったならセックスしよう、という約束をした。しかし高一で二十歳上のエンジニアとヤったあと、サンタは処女ではなくなったから、その約束は反故《ほご》になった。それを聞いたモモは、やはりこの人は星野の姉だな、と笑ってしまう。

サンタの話を聞いていると、サンタがモモと同様、生きていく手段として、恋愛をとった人間であること、そんなわけがない、もっといい武器はこの世にあるはずだ、とたくさんたくさん試行錯誤《しこうさくご》をしたけれどやっぱり、なにより恋愛が、一番手に持ったときにしっくりくる武器だった人間であることがわかった。

同じ恋愛という手段を選びとったという点で、モモはサンタに、たとえばＲＰＧゲームの初期装備が一緒だった者に感じる妙な親近感のようなものを覚えていた。ただし、ふたりの、一見敵を油断させる、ショッキング・ピンクの武器は、同じ大きな恋愛というくくりに入れられてはいるものの、またそのくくりの内では、それこそサンタクロースと桃のような、そもそも離隔概念《りかくがいねん》どうしであるという違いがあった。

恋愛という土俵《どひょう》のうえ、モモはいつもぎりぎりのところで楽に生きたが、越えてはならないラインを知っていたからへまをしたことはなかった。それでもサンタのように、無知ゆえにひらりとそのラインを跳び越え、そのさまがあまりに美しく愛らしいので許されてしまうような、そんな人間のことが、心の底から羨《うらや》ましかった。

「任意《にんい》の男に、俺ら恋人の前に二人の人間でしょって言われるたび、いつも思うんだよねー、でもそれはモモちゃんも同じでしょ？　たまきたち、ひとりの人間どうしの前にふたりの恋人でしょって。心も身体もいつも人恋しいから、歯や舌でね、衝立《ついたて》みたいに支えてくれないとたまきが困っちゃうから」

サンタはそう言いのけてみせる。ひとりでは生きていけない、と宣言できるその強さは、ひとりでどこまでだって歩いて行ける強さでもある。サンタはお腹が出るクロップド丈のトップスに、短いパンツを合わせていて、そこからは縦に細長いおへそがのぞいていた。モモはそれと見つめ合っていた。サンタのあまりの色鮮やかさにモモは思わず、ほぞに詰められた砂を噛むような気持ちになる。じゃりじゃりとディッピンドッツのようないじらしさを舌でころがす。

「たまき、恋愛のカミサマの姪っ子なのー」

「どうして？」

「昔よく遊んでた男の子にそう言われたんだよー」

モモはフラフラと笑う。この人が、星野の姉であるということはとうに忘れてしまっていた。自分のせいで眠れない夜は一晩たりともないような、この女の子のことが、好きだと思った。

モモは思う。私だって、この世界に関係していたいから、この世界の、たとえば星野とか、あるいは別の人とかをすべてすべて吸収した私で未来の私と会いたかった。マイナスなものすべてからの wanted wanted であり、プラスのものすべてへの want want。なにもかもが足りない自分が、なにもかもを補えば、完璧に、なれるんだという気がしていた。

高校一年生の春休みになっていた。一か月前に髪を切ったばかりだったけれど、この日には、できるだけ触り心地がいい自分でいたかったから、星野と会う日の朝一番、美容室に行った。雨を多く含んでいそうなスポンジの、嘘みたいに灰色の曇り空だったから、まんまると膨らむ鬱々をすっぽり膝に抱えて、髪を切られながら窓の外を見ていた。先月、来月から独立して自分のお店を開くのだ、と話してくれた短髪にタトゥーまみれの美容師さんがまだいた。英語は喋れないが、半年後には海外に行って美容師をやる、向こうでは職にあぶれることはない、とモモに縮毛矯正をかけてくれた美容師さんが一年後にまだいたことを覚えている。自分も、こういうふうに、当たり前に、自然に、い続けたいと思った。雨が降り始めた。

　星野とは、「救世軍」という名前の、モモの家の近くの薬屋さんで待ち合わせていた。このお店のシャッターは常に閉まっていて、看板の「救世軍」の「世」の部分が落ちかけて、しかし落ちずにそこにとどまっていた。モモが閉じ切ったシャッターの前に座りこんでいると、しばらくして星野が自転車でやって来た。コンイントドクを提出するだけでは結婚できないらしい、と星野が言ったから、コセキトウホン、を取りに行く約束になっていた。ふたりに足りないのはコセキトウホンだけで、わたしたちのなかにコセキトウホンを混ぜると、ケッコンができあがる。ある日目が覚めるとウエディングドレスを着て結婚式場にいるようなわけがわからなさがそこにはあった。

　いつもどちらかが制服だったり部活着のままだったりしたから、今日、ふたりともが私服であることはめずらしく、気恥ずかしかった。ふたりの服に合わせて十種類ほどの柄がある、と茶化して笑いあった。よわよわしい雨が降っていたから、星野の柄をひとつモモが引き受けた。

「どこ行くの？」

「市役所」

「市役所に自転車二人乗りっていいの？」

「まあ、交番ではないからいいんじゃね」

「ほんとに？」

「言われたら降りりゃいいしさ、しかもどうせあの市役所前の坂のとこ、二人乗りじゃ上れないから」

ふたつの市役所をまわって戸籍謄本をとったあと、どこへ行こうか、という話になった。

「私お金持ってない」

「俺、さっきの喫茶店で使ったので全部だ」

結局、星野が、流れている音楽の名前を教えてくれるアプリを入れていたから、古着屋をめぐってあちこち音楽を盗んでまわった。逃げるようにお店を出て、二人乗りで人通りの多い道を走り抜けていき、あまりの人通りの多さにモモが自転車から飛び降りてその横を走る、そのすべての景色を雨粒と笑いが包み込んでいた。

おととし、部内恋愛禁止の部活で部内恋愛をしていたら、彼氏のほうだけ顧問に呼び出されて、「別れるか次の試合の出場を棄権《きけん》するかどちらかにしろ」と脅《おど》されたことを覚えている。その帰り道、たまたま百均に寄って見つけたただの黒いノートに、その顧問の名前を、苗字を男が、名前をモモが、書き込んだときとまったく同じ、すべての障害物を壊しながら駆け抜けていくような気分になっていた。

星野は真っ黒なコンドームをよくつけた。それは歪なマリオのキラーのようでモモはいつも「どこで買ってきたの」とけらけら笑った。この黒ゴムをつける日は、星野の、気分ではなく頭で、決められているような気がしていた。星野が考えていることはいつも読み取りにくいから、星野が明らかに自分を笑わせようとしている、というのは、ときには日記が裁判で証拠品になるように、自分が愛されていることの有力な証拠になるような気がしていた。だから、星野が黒いゴムをつけてくると、モモはいつも、わたしは愛されているんだ、とうれしい気持ちになった。たとえば高価なプレゼントを贈られることが愛情の証だと考えている女の子が、好きな男からもらったプレゼントをすべてきちんと暗唱できるように、モモは、黒いゴムをつけた星野のことを、どのような形でも思い出すことができる。

いっしょにお風呂に入る。いつも先にモモが身体を洗ってから湯船に浸かり、後から星野がやってきて、湯船に入った。モモの胸はお風呂では浮かない。星野のチは水のなかでぷかぷか浮いている。靄《もや》がかかった記憶のようにあたりには湯気が立ち込めている。

星野の家ではシャワーを浴びるのより先に湯船に入るのは禁止されていて、モモの家はユニットバス。星野のサンタクロースは姉で、モモのサンタクロースはパパだった。ああ、わたしたちいい夫婦になれるかなぁ。水に濡れた星野の肩をぽんと叩く。

ローターが膣から取り出せなくなると、なめらかに流れていた時間は、ローターにひっかかって、ジグザグと歪に流れた。モモは、これは星野の過失だ、と認定し、星野はモモの過失である、と主張した。そうこうするうちにも膣内でローターは震え続けていて、その上空で、墜落《ついらく》しゆく飛行機の上でのパイロットどうしのように、星野とモモは冷静に会話を交わしていた。

「電気つけていい？」と星野が訊く。

「絶対無理」

「うーん。ひもとかついてりゃよかったんだけど」

星野が親指と人差し指をくちばしのようにしてローターをつまみ出そうとするその行為はかなりの嫌悪感を伴うものだったので、モモは「もういいや」と星野をぐっと押し戻す。

「もういいやっつっても」

「この振動ってどれくらいで止まるっけ？」

「わっかんない。でも充電あんまできてないからしょうみ五分持たないと思う」

「あ、リモコンは？」

「どこにあるかわからん。いつも本体のほうから作動させてたし」

モモはとりあえず上の服を着る。それを見た星野がTシャツを摑んだ手を止めて、「星野、服着ないで」と言う。

「え？　なんで」

「だってずるいじゃん。無理。絶対全裸でいて」

星野をベッドから押し出して、モモに背を向けさせ、手だけを繋ぐ。モモは布団をすっぽり被ってあぐらの体勢で、孤軍奮闘する。

「いけそう?」

「触れるは触れるんだけど、つかみ取れないから」

入っているのはゴム製の丸いピンクローターで、とっかかりになる部分がなかったから、取り出そうとやっきになってもどんどん奥に沈んでいく一方だった。太陽もちょうど沈んでいく頃で、閉め切ったカーテンから差し込む光もだんだん失われていく。だからローターの救出は触覚だけを頼りにするしかなかった。

「とりあえず縦になったほうがいいんじゃね? ジャンプとかしてみたら」

いつのまにかカーテンのすき間から差し込む光の色はオレンジ色から藍《あい》色に変わっている。文字通り立ち話をしていたら、しばらくしてローターの振動が止まった。星野の中指もすっかり乾いた。気持ちが弛緩《しかん》すると下半身の筋肉が緩んだのか、指でローターをつまみ出すことができた。ピンク色だったはずのローターは白濁《はくだく》した粘液《ねんえき》にまみれてちょうど生まれたての赤子のような色をしている。

星野は心配そうな顔をつくるのをやめて言う。

「よかったよ、俺、今から紺崎と遊ぶ約束してたから」

「紺崎ぃ?」とモモは眉をひそめる。「別に仲良くするのやめなよって言ってるわけじゃないけどさあ、でも私の後に予定入れるのやめてよ。どっちにしろさ、星野と紺崎って変な組み合わせな気がするよ」

紺崎はモモと同じくテニス部の男で、前々からモモの気に入らない男だった。その気に入らない、を、きちんとした解像度に戻すと、星野が転校してくる前に、そういう雰囲気になって一瞬だけ付き合ったことのある男、という意味になる。あの頃、たまたまそういう席順であったから、毎休み時間、モモの隣の席の男のところにその男の所属しているグループ全員が集まっていたのだが、モモと付き合った翌日から、そのグループとはまったく関係のない紺崎が毎休み時間、モモの隣の席の男のグループに加わるようになり、その隣の席で女友達と話しているモモをちらちら横目で見ることやモモの隣の席の男たちに煙《けむ》たがられていることなどがすべて丸まって泥団子みたいになって雪だるま式に肥大してふたりの間をごろごろ通ってふたりの間にはひびが入った。

そして最近星野には紺崎と話す機会があって、それから紺崎のことを気に入り、星野のグループに紺崎を引き込んでいたのだ。モモのことを星野の友達に紹介はしない、付き合っていると話もしないくせ、紺崎のことをこいつはちょっと面白くてさぁ、と紹介するのは間違っている。すこし好感を持った程度の男友達を自分の扉を開けて自分の内側に招いてしまうというのもとても危機感のないことで、なんだかじれったい感じがした。そもそも星野は、自分の心の扉をかたくかたく閉じておくと決めた人で、そして、それを絶対に開けられないように、わかりやすいところに設置したフェイクの扉を開けっぱなしにしておくという手段をとっている人間なのだ。そのはずなのだ。

なのだけど。星野をにらむ。

「でも、俺はけっこうあいつが好きなんだよ」

「いやあ、だってさ、こんなちっさな高校で、運命の友達になんて、会えるわけなんてないんだから、おかしいじゃん、好きな友達、なんてさ」

「じゃあ俺らはなんなの、モモちゃんは運命とか必然とかいう言葉好きだけどねえ」と星野はちょっと笑う。その笑い方がうざったかった。うざったかったから、モモの怒りはヒートアップしていく。

「しかも、よかった、紺崎と遊ぶのを取り消さずに済んだし、とかおかしいでしょ、心配するべきなのは私の身体のほうでしょ、使いたいって言ったの自分じゃん」

「それは悪かったけど、でも、俺、バイトしてるからちょっとは金あるし、病院行ってもいいって考えてたんだから」

「バイト?」

「部活もほぼ行ってないし、あんますることないんだよ」

「そうじゃなくて、雇《やと》ってくれるものなの?」

「まあ、地元のちっさい店だから。店にあるメモ用紙に名前と電話番号書きゃ受かる、給料も手渡しのさ」

「へえ、バイトねえ」とモモは繰り返す。「でも、そんなこと言ってなかったじゃん」

「たまたま言う機会がなかっただけだよ」

交渉人・ゼロ
遠野麻衣子

五十嵐貴久

異色の警察サスペンス!

遠野麻衣子はどのようにして交渉人になったのか?

●定価1980円(税込)
ISBN 978-4-309-03130-9

河出書房新社　〒151-0051 東京都渋谷区千駄ヶ谷2-32-2
tel:03-3404-1201 http://www.kawade.co.jp/

じぶんの身体が不安と嫉妬で縞々になるのがわかる。そもそもモモは、星野のすべてにひとつ残らず、純粋に恋愛的な意味だけで嫉妬してしまうのだ。モモの愛は不安と嫉妬だけが材料である。たとえばモモが嫌いな星野の過去も、あるいはモモが大好きな星野の過去でも、それらすべてが星野をつくったものだから同じく愛おしい、とはとても思えない。

自分の人生の登場人物が自分の頭の外へ、想像の範囲外へ出ることは、モモにとってとてもこわいことだった。彼ら彼女らに、脱走されたような気持ちになるから。でもそれは星野のすべてを知りたい、というのとは全然違って、でも、こういうふうにしか考えられないのは、わたしの恋の中身は不安と嫉妬を煮込んだやつだ、なんてのはやっぱイヤで、だからやっぱり、とモモは考える。来世ではすべての人間を一人残らず好きになれたら。自分の頭の中の直径と世界の直径とを、ぴったり重ね合わすことができたら。

モモが黙りこくっていると、星野が謝罪の代わりなのか、自分でつくった替え歌を歌い出して、それがあまりにも面白く、歌のなかにクラスメイトの名前が出てくるたびモモは笑い転げた。宮野は〜、あはは、紺崎と〜、あっはっはは、島田の〜、ぎゃはは。その星野の勇姿《ゆうし》をそのまま教室のなかに投影して、クラスみんなが笑っているイメージを頭のなかに浮かばせると、左心室からたった今生まれたメロ・メロという音があちこちに飛び移りはじめる。

メロ・メロ。人生は楽しい。でも辛《つら》い人もいるよね。なら、マリオの１－１をえいえんに生きろと言われたら、この世のなかで自殺者は何人出るだろうか。メロ・メロ、私のことを歌ってる曲はこの世にはない。私のことを書いてる小説も私がテーマの映画もぜんぜんない。でも、メラ・メラ、信じることがクセになっちゃってるの。メロ、まっすぐに行きたい。まっすぐに、っていうのは、曲がりたい十字路ですべて曲がって、迷いたい道ですべて迷って、そうして見つけたストレンジ・ドリーム・ビリーバー全員と恋をすることだけど。メラ、どうかわたしの邪魔《じゃま》をしないでほしい。もういちど！　邪魔を、しないで。息をするのはいつだってもったいなくない。だけど、息をするのももったいないくらいのドキドキとメロメロにまみれた時間がいつだってほしい。

モモのストレンジ・ドリーム・ビリーバーは、モモを現実に引き戻すように、ねばついた、ふへへへへ、といつものような笑い方をした。星野に向かってローターを投げる、当たる、落ちる、ふたりの苗字にひびは入らない。

星野は、学校を断続的に休むようになった。高二の春あたりは週一で、そしてすぐに週二で、三組の、窓側一番前の席を空けるようになった。星野は秋ごろまでには容易に、違和感なく、数ある今までの称号に「学校をよくサボる奴」をぺたりと加えた。

初めのうちは星野が休むたび、星野と仲の良かった男たちは、「また星野が来てない」と、いたずらっ子を誇りに思う母親のように星野に言及していたが、週二で休んでいた頃から週二でしか登校しなくなった頃になると、星野が珍しく学校にいるときに「星野久しぶりすぎ」と、他人行儀に声をかける程度になった。

モモは文系で、星野は理系だったから、高二になるとクラスも離れて、初期は星野のほうが「今日休むわー」と連絡してきて、中期になるとモモの方から「今日はいる？」と尋ねて、後期には理系の棟《とう》を通るとき三組をちらと確認するだけ、晩期には星野と同じクラスのともだちに聞くときもあれば聞かないときのほうが多かった。

今思い返せば、星野は高校生活から華麗な脱走をしたのだと思う。一見地味ではあるが、準備期間の長い、自分の威厳《いげん》を損なわない、とても星野らしい抜け出し方だった。モモはというと、いちども星野を取り戻そう、と奮闘することはしなかった。それは、はじめのうちだけ自転車の荷台を押してもらうようなもので、「ちゃんと持ってる？」「持ってるよ」「ちゃんと持っててね」「持ってるよ」を繰り返すうちに、自分でも意図しないままひとりでに、まだまだ危うい走り方であるものの、それでも走れるようになっているのだった。「星野、あした学校来る？」「来るよ」「来週の火曜は？」「行くよ」……。

星野の姉であるサンタとは連絡をとり続けていて、しかしそれは星野の動向を窺《うかが》うというよりいつからか親交が深くなったふたりがふたり自身のことを定期的に話すためのものだった。

冬になっていた。星野がやって来たかそうでなかったかは今日も聞かなかった。星野の出席の有無《うむ》より、テニスのラケットを、どうすれば手がかじかまずにしっかり握れるか、ということのほうが、ずっと重要だった。

モモは、部活帰り、学校の近くにあるコンビニのごみ箱の前で、携帯を見ていた。コンビニはさっきまで隣にいた多数の人間を一気に飲み込んで、モモをひとりにした。テニスをしたすぐあとなので身体は熱く、熱で腫れておでこがぷっくりふくらんだようだった。

「モモちゃんどこにいる？　会おうよ。最近の充のこと、話してもいいし」

部活帰りにコンビニで買い食いしているところだと送ると、そのコンビニから自宅が近いサンタが、今からそっちに向かうから待ってて、と返してきた。

夜のコンビニから、モモを含まないテニス部の女子部員が、それぞれに食べたいものを買って出てきた。

「モモ細いんだからさ、まじでダイエットとかしなくていいのに」と130円の肉まんを頬張《ほおば》る子が言った。

「いやうちらがダイエットしろって話だって」とその横にいた150円のチーズ大増量まんが言った。

「てかさ、さっき話してたテニスウェアのことだけど、どうする？」と肉まん。

「先輩とかもずっと同じウェアだったし、ふつうは買い替えないよね」とモモは言った。ひとりだけなにも口に含んでいないので、その声ははきはき、冷たく響いた。

「でもさ、今のにもう飽きたー」と110円のメロンパンが言う。

モモは頭の中で、さっと計算した。テニスウェアというのは、信じ難いほど値段が高い代物だった。そのぶんで買い食いが二百回できた。あのぺらぺらの、短い生地があんなにするかと思うと信じられなかった。テニスウェアなどぎゅっと丸めれば、手の中にやすやす収まるのに。モモはその思考と連動してこぶしを握り締める。

「私今のやつけっこう好きだけどね」と160円のシュークリームが言う。

シュークリームはモモのほうにシュークリームを包みごと「ちょっとくらい食べなよ」と差し出し、モモはそれをひと口食べ、「ありがと愛してるー」と言う。

「テニスウェア、どうしよっかあ」

「私はどっちでもいいよ」

「うん、みんなに合わせる」

「うちも」

「あ！」そこでモモは一拍あける。「そういえばこの前、他校の男子があの黄色いウェア着てる女子は全員かわいいって話してたよ。せっかくあのウェアを目印にそんなこと言われてるんだから、私が彼氏できるまでは買い替えるの待って」

どん、と笑いが起きて、「一生できなかったらどうすんのよ」というツッコミもまとめて、どんぶらこどんぶらこと話は夜に流れた。

こういう、その必要がないのにみんなが買い替えようとするテニスウェアや、高頻度のコンビニやスタバでの買い食い。こんなことが五人にとっては当たり前のことなのだと思うとモモは、大きな不幸にいちどに襲われる人間を、羨やんで羨やんでなおままならない。こういうみんなの当たり前に、モモは加われないこと。ひとつひとつの小さな不幸せが、人生のどの一部分を思い返してもびっしりちりばめられており、棘《とげ》のように心に刺さるのである。

最後にレジに並んだ子がコロッケを持ってコンビニから出てきて、みんなで駅の方へ歩き出した。

「モモどうしたの?」とシュークリームから溢れるクリームを唇で押さえてシュークリームが訊く。

「この前話してたじゃん、友達のお姉ちゃん」

「ああ、あの子か」

「誰?」

「え、誰だっけ」

「ほら、この前モモが話してた、モモがたまに絡まれてるっていう、柄悪い子じゃん」と愛すべきサンタのことを誰かが暴力的に説明する。

モモが「バイバーイ」と言うと、皆が「バイバイ！」と口々に返した。その全員が、これから塾の自習室に向かうのであろうことは、確かにわかっていた。その背中の数はまごうことなく五つだったが、通っている塾の数を合わせると十二校にものぼった。その無意味も浪費も正しさもすべて、モモをゆらゆら安心させたり不安にさせたりする。


日は暮れ、さっきまでのやっすい食べ放題みたいな夜とは勝手が違う、もっともっと深い夜がやって来ていた。なぜなら、サンタクロース、イズ、カミングトゥタウン、分厚いコートに着られたサンタがこちらへ近づいてくる。

「ヤッちゃった、ヤッちゃった」と、月明かりのもとで二回、足をその場でバタバタさせながら、サンタは言った。

「誰と」

「言ってた、そこの大学の銀髪と」

「またぁ？」

そこでモモとサンタは、なにを笑うでもなく、しかし腹を抱えて笑った。奇跡みたいに不幸が続いたときに一周まわって笑えてしまうあの瞬間にとても似ていた。しかめつらの車のヘッドライトがスポットライトみたいにふたりを照らしていた。車が視界を切るように何台も目の前を通る。

いつものように、ここから一番近い駅からもうひとつ先の大きな駅のほうに歩いていく二十分ほどの散歩道を並んで歩き出した。サンタはモモの右腕に自分の左腕をひっかけ、ぐっとモモに顔を近づけて話し出す。

「なんかね、今回は、いっぱい血が出たの。たまき、あそこが全然強くないから。モモちゃんと違って、頭ん中以外もう、まったく気持ちよくないし。ふとんとか、あいつの服とか、血まみれだった。痛かったし、まだ痛いし、なんかいまでもあそこが変な感じだし。でももう変、なんかもう、もしかしたらやってないいんじゃないかと思うくらい」

「それじゃ、もしかしたら、やってないんじゃない？」

「いや、それが、やったんだな。だって自分からずっとしました、みたいな匂いしてんの。しかも、取れない、全然。気持ち悪い余韻《よいん》が抜けない」

サンタはずっと挙動不審《きょどうふしん》だった。もぞもぞしたと思えば突然ぴくりとしたり震えたり、今、夜としてるんじゃないかと思うほどだった。サンタのほっぺたはお風呂上がりのように上気していて、産毛《うぶげ》の一本一本がやわい光に照らされて、ちょうど桃のようだった。

「たまき、どこかで間違えたのかな？　だって、目が大きくて元気だったから、小学中学って進んでくなかで、自分は最強だって信じて一ミリも疑わなかったんだよ。恋愛はクラスの人気者がするものだ、なんて考えが頭によぎったことなんて一度もなかったのに」

　モモはサンタのことが好きだった。それは、どんでん返しのミステリーやホラー映画、ギャグ漫画が好ましいのと同じ意味で、だった。つまり、サンタという人間は、モモにとってエンタメだった。サンタは、色鬼《いろおに》をするとすれば、サンタのそばにずっと居ればそれだけで事足りるような色鮮やかさで生きる、上質なエンタメだった。

　モモとサンタの性格は、サンタの言う通り、やはり似ていた。それはおそらく、どちらもが左胸の大きなくぼみにあるはずのものを、底無しの希望をもって探してきたからだろう。しかし、モモが、ごはんを食べたらもっとお腹が空くから食べたくない、と主張する戦時中の子どものように愛を拒否していたのに対して、いっぽうサンタは、砂でも泥でも手当たり次第に愛らしきものならなんでも頬張っていたのだった。

「それでね、やっぱりたまきはかわいいけど、でも、芸能界に入れるほどかわいいってわけじゃないし、だから、こう、やってくしかないのかなって思う、今日みたいに、して」

　サンタは目的語を省略するあまり途切れ途切れに話した。セックスはヴォルデモートだ、とモモは思った。そもそも省略されて口にされなかったり、「例のあの人」、とか「あの人」だとか呼ばれたり。存在を、崇《あが》められたり、貶《けな》されたり。

「映画を観たんだよ、宇宙で遭難《そうなん》して、遭難するたび、男の人や天使や男の人に助けられて、当然みたいに全員と、お返しにセックスするの、すごくたまきみたいで、笑っちゃったの、でもそれって、モモちゃんにも似てるよねぇ？」

サンタが「モモちゃんなんかは、ビッチだし、気持ちよくなれる人だから」なんて話し出すから、モモは思わず笑ってしまう。「だからねえ、通貨を使うみたいにアレを使える人じゃない？　それってとっても上手だよね。たまきはどうしたって、ほらトイレのさ、あの手を乾かす機械くらいにしかなれないから」

「ねえ、ビッチじゃないし、そんなふうには思えないよ」

「そうだよね、たまきだって別に股が緩いわけじゃないもん。鉄のパンツを鉄塔でかち割られただけだもんね」

「サンタちゃんは当たり前にそうだよ。それに、こんなこと聞きたくないと思うけど、私だって初めては星野だよ、笑えない」

モモはそう言ってから、星野のことを、というより、目の前にいる女の子が星野の姉であることを思い出して、「最近星野、おうちでどんな感じ？」と尋ねる。

「充はもうだめだよ。知ってるだろうけど、学校へ行ってないのだって、学校が怖いなんてかわいい理由じゃなくて、塾の自習室にこもってるだけなんだから。お母さんも、充は頭がいいから、学校の授業の進度はやっぱり遅くて、男の子は本気になればできるでしょって言うの」

「でも、とりあえず高校は卒業できるみたいだよ。あの人賢いから、やっぱりその辺はちゃんと計算してるんだよ。このまま週二で、たまに週一で行けば、卒業日数は足りるんだって。中三とか高一のときは皆勤だったから」

「でもそんなのモモちゃんがかわいそうだよね」とサンタは言って、あ、そうだ、というように目を見開く。「言おうと思ってたんだけど、もっと充と一緒にいたいなら、あの子と同じ塾に通えばいいよ。理系と文系じゃ、クラスも違うだろうけど、でも、自習室で隣に座ることだってできるよ」

「それもいいけど、塾に通うお金なんてないしねぇ。うちの稼ぎ頭はやっぱりお義父さんで、それで、お義兄ちゃんと弟ふたりが塾に通えば、もう、余裕がないことくらい、私が一番知ってるし」

こんな話にはサンタが相槌《あいづち》を打ちにくいだろうなと考えて、モモは「でもどっちにしろ」、と付け加える。「塾なんて必要ないんだよ。こっからあんまり勉強する必要もなくて。私、東京に出てひとり暮らししたかったんだけど、ママはやっぱり許してくれなくて、サンタちゃんと同じ大学に行くことになりそうだから」

「やったー！」とサンタは手をぱちぱち叩いてみせる。「ここから通うのだと確かにうちの大学くらいしかないよねぇ。でもやっぱあの大学、ここからはちょっと距離あるし、通うのだって面倒だよ」

「そうなの、だから、大学の近くで下宿できたら一番いいんだけど、でも、さっきも言ったけど、うちには私に使うお金がないから」

それを聞くと、サンタは顔をほころばせる。

「じゃあさ、ミツって人がいてさ」

「充？」

「ミツルじゃなくて、ミツ。で、その人はたまきの友達なんだけど、紹介してあげてもいいよ。誰かの家に転がりこむのが、やっぱり手っ取り早いんだから。それにほら、さっきの、お礼にセックスしてあげる映画の話だけど、モモちゃん、ミツにもたまきみたいにそうするといいよ。ミツは良い人だから、きっとうれしいと思うよ」

クリスマスからは三日早い、あわてんぼうのサンタクロースの、予想もつかないプレゼントだった。モモが無事に大学に入学できたら、春休みにでも、サンタの友達たちを、紹介してもらおうと思った。

駅が見えてきた。大きなクリスマスツリーはビルに遮《さえぎ》られて、その先っぽだけがここからは見える。もう少し歩いたら、すべてが目に入ってくるだろう。夕暮れのように星野がフェードアウトしていき、わたしがわたしから船出してこの薄暗さを彷徨《さまよ》う今日この頃だ。たった一文で、すべてをどんでん返しするなんてことは不可能だから、一文字一文字一度ずつ一度ずつ、ずらしていこうね。でも、星野が学校を休みがちになってずいぶん経って、だから、幸せの尾ひれを足で思いっきり踏んで捕まえることは、もう、そう難しくないだろう。どこかの岸辺にこの船をつけることは、すぐ先の未来のことだろう。

高校三年生の夏を越えると、星野はきっぱり不登校になり、最後のスポーツ大会にも、卒業式にさえ、やって来なかった。それでいて卒業式のあとの打ち上げにはのこのこやって来て、星野の前には、テーマパークの着ぐるみよろしく、ツーショットのための行列ができた。今まで勉強してこなかったぶん、学校を休んででも、塾で勉強をしなければならないのだ、とモモには言い訳していたくせ、クラスメイトたちには、「お父さんの仕事の都合でサバンナに行ってた」と身振り手振りを交えて話した。「おい不登校」と野次られると、「不登校なんてシャバいもんじゃないよ、むしろ非登校って言ってほしいよ」と、からからと笑った。

そんな星野を見て、モモは、星野は自分のためにではなく、これをしてみせるために今日ここへ来たのだ、と思った。自分がまだ現役時代のように華麗に演技できることを、そしてこれからもそうやって生きていくことを、周りの人間たちに、そして自分に示すために、この千秋楽を上演しているのだ。その焦燥感が滲《にじ》む努力のぶんだけ、星野の危うさが読み取れる。モモはそれを他人事《ひとごと》のように眺めていた。

例えば、山登りをしていて、命からがらのところで命綱に助けられたとしても、山を下りて家に帰るその道すがら、身体に命綱を巻き続ける人間なんていない。それでも、そのときそいつは命綱がなければ死んでいたわけであり、そのときは正真正銘、その命綱のみがそいつの命綱だったわけである。

その命綱を単刀直入に切る。星野が遠方にある大学の医学部に進むということは、モモと星野のふたりの距離にひびが入るということである。

星野が高校を辞めるというのならモモは星野を止めただろうし、星野のほうもなにかしら思うところがあったろうが、大学進学と同時にモモの側から離れる、というのなら、仕方がないことだったのだと思う。山を下りるとともに命綱がリュックにしまわれる、というのはごく自然なことである。

星野がその母親のかねてからの願いで私立の医学部に進学したことで、ふたりがこれからの人生で関わり続けるという確信は泡になった。その泡が、はじけるかはじけないかはまだわからないけれど、モモの手の中に星野の未来がないことは確かだ。だから、日本で見える月と地球の向こう側で眺める月が同じものとはいえないように、あなたの見る星空を、あなたの想い人もまた眺めているなんてことはないように、モモもまた、新しい場所で、新しい命綱を、見つけなくてはならないのである。

高校生の頃、猫背《ねこぜ》でいたらダサいから、と、同じクラスのともだちと、授業中猫背にならないようお互いの背筋をチェックし合っていた。日も沈みかけていた六限の古文の授業中に、ポン、と「猫背」という通知が携帯の上部に昇ったことを覚えている。高校の制服を脱いで、古着を着るようになった。この猫背もうってかわって古着にはよく似合った。だったら月に行けばニキビの数だけペットボトルの水が貰えるのかもしれないし、火星に行けば地球のコミュニケーション能力と火星のそれがなぜか反対になってて、うん、火星ではわたしはたやすく上手くやっていけるのかも。それなら、不慮《ふりよ》の死を遂《と》げる直前にめぐる走馬灯の、その景色のさなかへ、吸い込まれるようにタイムスリップできるかもしれない。そう、いつか、過去は慈しめるものになるかもしれない。

星野の誕生日が三月二十一日だったことを覚えている。その誕生日に、市役所の結婚おめでとうパネルの前でひとりピースした星野の姿が、インスタのストーリーにあがっていた。モモのアカウントがひとめでは見えないようなところにメンションされていた。だから、へえ、自分と星野はほんとうにもう会うことはないんだ、そしてわたしたちはほんとうに結婚したんだ、とモモは他人事のように思ったのだった。

星野は、武勇伝の規模を大きくすることに、話の聞こえ方をよりおもしろおかしくすることに、いつもやっきになっていた。だからこれは、モモとの恋愛のため、というよりは、その目的を遂行するためなのだと思う。でも、こうした、いつもの星野を見るのは、久しぶりだった。そしてその日から、モモと星野は、おそらく、十中八九、夫婦になった。

星野と離れ離れになって、透明のＸＸＳのディルドを買うくらいのやさしさがモモにはあった。こういうのは女の子ひとりにつき一個だから、と星野にもらったピンクローターをモード1でしか使わないような誠実さがモモにはあった。完璧に熟した桃のような生活だ。大学に入ればすぐ、無数の男に出会えるだろう。モモが出会う男の数は地球上に現存する精子のそれよりはるかに多いだろう。自分の生活を、ではなくて、戦争すらうやむやにするくらいの恋愛が今度もほしい。

卒業文集の寄せ書きに、星野が大きく「あかね」と書いていたことを覚えている。モモは自分が、近藤くんが近くを通るたびに、近藤くんがいる、かわいい、今日もほんとうにかわいい、と本人に聞こえるくらいのばか騒ぎをしたことを記憶している。そのときのモモの周りには、楽しげな女子たちが、クラッカーのようにたくさんいた。星野は昼休みにクラスメイトの携帯をつかって、あかねちゃんになりすましメッセージを送っていた。そのときの星野の周りには楽しげな男子たちが、アメーバの仮足のようにたくさんいた。

モモと星野は中高生時代、同じ生き残り方を試みていた。それは動物としての種類が同じであったということではないのか、だからふたりは同一種の生物個体として連れ添っていたのではないか、と思う。みにくいニンゲンの子はこの世界に二匹いた。ほんとうは自分が何者であるのかなんてどうでもよくて、最後までニンゲンを全《まっと》うできるだろうか、できるだけニンゲンらしくいられるか、そのことだけが問題だった。

では、これからもふたりは、どこか別のところで同じ生き残り方を試みるだろうか、とモモは考えてみる。でも、同じ生き残り方を試みていたい、と願うだけでは、同じ生物種として存在していられるわけがない。

考えなければならないことはめぐる観覧車ぎゅうぎゅうにあって、取捨選択なんてできたものじゃない。頭はいつだって桃太郎が入っていたあの桃のようにきれいにいきおいよく割れそうである。

でもやっぱり、とモモは思う。観覧車だったらてっぺんの部分だけがほしい。女友達はだいたい無、嫌いな男ならチだけほしいし、キモい男なら存在がいらない。家族は嫌いだし、恋人もうざい。ときどき自分に毒とか盛りたい。ジュリエットみたいな仮死したいかも。だからほんとに、嫌になっちゃうことほとんどすべてを、嘘だと言ってよ、say it ain't so……say it ain't so……say it ain't so……

*

「そいつが面白い奴かどうかは――」と男はモモの前に立ちはだかるような形でのっそりと出てきた。その男が背負っていたギターケースの頭の部分も、男のその挙動に合わせてゆっくり左右に揺れた。「目を見ればわかるって言う友達がいるんだよ」

モモは右手にコンビニのホットスナックを持ったまま、首を傾《かし》げた。思わず立ち止まってしまったのは、この男の風貌《ふうぼう》と甘ったるい声があまりにちぐはぐだったからだ。

モモは違和感のちょっとしたぬかるみに、そのアディダスの便サンをとられたのである。

　おそらく百七十後半であろう身長と、伸びきったあまりにプリンというよりもむしろ二色のアイスバーのような金色の長髪、を、かき上げ、眉毛を困らせて、黒目がちの目を潰《つぶ》し、それでいて目のなかの強い光、唇をきゅっと寄せ集めて、男は「あぁ」となため下を向いたあと、夜気に嚙みつくようにがしゅっと、右足から飛び上がりながらくしゃみをした。男はくしゃみのすぐ後のくしゃくしゃの顔のまま、「うわぁごめん」とわざとらしく泣き顔をつくってみせる。

「サンタに言われて来たんだよ」と男は言う。

「なんて言われたの？」

「とにかくこの辺に来てほしい、友達が困ってるからって。どうしたの？　この深夜にこのコンビニ周りにいるってことはさ、たぶん同じ大学なんだよね？」

　モモもサンタに、いついつに、できるだけラフな格好でこの辺りをうろついていて、と言われた以外はなにも聞いていなかったから、ここからは、ひとまず自分でこの男の家に住めるように話を持っていかなければならないのだろうと思った。そのひとまずが終われば、この男の友達の家にでも住めばいいのだ。

「うん。でも、実家からだから、通学に一時間半かかるの」

「大変だねぇ」

モモは気のない会話を端にやって、話を元に戻す。

「じゃあさ、あなたも目でわかるってこと？　それで私のことがわかったの？」

「ううん、サンタに金色の髪の子って聞いてたからわかったんだよ。だから、俺はわからない、と思う。多分。でもその友達は目でわかるんだって。そいつは大学を駆けずりまわって、俺たち全員を集めたんだよ」

「俺たちって何？」

「俺の友達たち、だよ。俺らのこと」

ふうん、とモモがギターケースを指さして「ギターを弾くの？」と訊くと男はあいまいに頷いた。

コンビニと歩道の境目には赤い三角コーンが六つ置かれてあり、その三つめと四つめのあいだに、ふたりは挟まって座った。すでにお尻にはアスファルトのつぶつぶの跡がついている。ときたまバイクが猛スピードで通り過ぎ、ふたりにはステージライトのように影と光が入り乱れて当たった。

男は、モモと同じ大学に通っていて、でも、だからと言って大学に通学しているわけではない、と話す。大学を一年休学していたはずが、その一年というのがいつから始まっているのかはあまり覚えておらず、もう大学に行かなければならないタームになっているような気もするのだけど、と続けた。でもまあ、春のことは春になってから考えるよ、と男は付け加えた。

「もう十分春だよ」

「でもまだ四月だし、寒いからね」

夕暮れに住宅街を歩くと晩ご飯のにおいがする、夜はどこにいても冷蔵庫に隠した大好物みたいなにおいがする、男はショートケーキのような声音で喋り続ける。その長いお話を聞いているのは、内容がどんなものであれとても甘ったるくて楽しかった。

一時間ほど話したあと、「見てみてよ」と男はダークグレーのスウェットを片足だけ脱いでみせた。片足だけといっても、左足だけスウェットに突っ込んでいる状態というほうが正しくて、紺と黒の細い縞のパンツはどうしようもなくあらわになる。

その筋肉質な右足の太腿には黒いゴムベルトのようなものが巻かれていた。ゴムベルトには十個ほどのポケットがついていて、そこに金属の、銃弾のようなものがぐるっと差し込まれていた。

「レッグホルスターなんだよ。いつも太腿につけてんの、俺なんかいつまで経っても中二病がなおらないから。その特効薬でさ」と男は言って、ゴムベルトからひとつ抜き取り、銃弾を薬に見立てて飲み込むしぐさをした。モモのほうをちらと見て、笑っても顔をしかめてもいないのを確認して、真顔になる。「まあ、なんでもいいんだけどさ。でもとりあえずあんたに一個あげるよ」

抜き取ったそれをそのままモモに差し出す。モモはされるがまま受け取って、指の腹でさすってみた。

「金属だけの弾頭は別にただの鉄の塊だからなんの法にも触れないんだけど、ううん、でも、本当のところはわかんないな。お世話んなってる先輩にくれって言って、くれたものがこれだったたってだけなんだからさ」

男は鼻を手で触る。長い前髪のすき間から、窺うようにモモの表情を見る。

「あとから幻滅されんのもやだから言っとくんだけど、俺、菌《きん》だったことがあるよ」

「菌？」

「なになに菌ってあっただろ。俺の小学校ではそれが俺だったの、タッチすると伝染するのは蜜菌だった」

「ミツ？」

「蜜。蜂蜜の、蜜」と蜜は自分の顔を指さした。

むきだしの蜜の右足には粉が吹いていて、モモはそれを蚊でも叩くようにぺちんぱちんと叩く。その太腿の裏を覗き込むとアスファルトの跡ができている。耳を触るとすでに氷のように冷たい。犬を抱きしめるようにモモはけらけら笑いながら蜜を自分のほうに引き寄せた。すてきな人だな、と思った。たとえば小二の男の子がついた嘘のような、そう、蜜がさっき話していた、蜜が学童でこどもと遊ぶアルバイトをしていたときに、「オレのパパは有名な野球選手だ」と吹聴《ふいちょう》する男の子の、そのパパの名前をネットで検索してもなにもヒットしない、という話、そのもののような人だと思った。その小二の男の子はクラスでは嫌われていて、ずっと蜜とふたりで遊んでいた、そんなエピソードが人間になったみたいな人だと思った。

「私、菌だった人、初めて見たかも」

「小学校のときとか、いなかったの？」

「いたけど、それ以来初めて。でも確かにわざわざ言わないもんね、昔菌って言われてたことなんて」

「終わりの会のときに俺のために会議が開かれたんだよ。蜜くんを菌だって言ったことがある人は立ちなさいってクラスみんなの前で先生が言ってさ、リョウカちゃん以外は全員が立ったってわけ」

「リョウカちゃんは優しかったの？」

「いや、ただのいい子ちゃんだったんだよ、リョウカちゃんだって俺のこと菌って呼んだことは絶対あったんだって。でもさ、クラスで俺だけが座ってるのって変な感じだろ。だって三十人もいるんだ。だから、『リョウカそんなことしない』ってすげえ根性だと思ったし、やっぱ嘘でもうれしかったな」

　モモはうなずく。

「そのリョウカちゃんは今、美大に行っててさ、ハンドメイドアクセサリーのオンラインショップをやってるんだよ。これはそこで買った指輪。六千円。正直ぼったくりだと思う」と蜜は笑いながら、右手中指にはめられた赤いハートがついた指輪をモモに見せた。「でも俺も、ぜったい自分の名前のブランドがほしいんだよなあ」

蜜は、そう言って、なにかアルファベットの文字列を指で地面に書き始めた。モモはその隣で行き交《か》う車のナンバーを足したり引いたりしていた。そのすべての計算結果がなぜかマイナスになった。

モモが永遠に続いてほしいと思っているようなひとときを、当の相手は早く済ませたがっている、というようなことが、モモの人生では幾度もあって、じゃあこのひとはどうなのかな、と、蜜の目をのぞきこむ。すると蜜は、「モモちゃんは睫毛がアレだね」と言って、モモは伝わっていないふりをして目をしばたく形でそれに答える。ああ、褒めてみたんだけど伝わっていないなあ、とさきほどの発言を恥ずかしがるように蜜が頭をぐしゃぐしゃにする様子を、モモは笑いながら見ていた。

「なんかさあ、睫毛、睫毛のことなんだけど」と蜜は顔をしかめてみせる。「俺、父ちゃんがでかい会社の化粧品のバイヤーだから、化粧品のサンプルなんかを大量に持って帰ってくるんだよ」。モモはうなずく。「ほんと、全部店頭でサンプルにする用のやつなんだけどさ。でも俺ん家は俺と兄貴の男兄弟だから、化粧品を使う人が母ちゃんしかいなくてさ、つってても母ちゃんも別に化粧にめちゃくちゃ興味があるってわけでもなくて、だから流行《はや》りのコスメとかも大量に余ってたんだよ。中学生のころ、ちょうど睫毛美容液が流行ってる時期で、でも女子たちはみんな買えないんだよ、中学生で、バイトとかもまだできないしさ。それで家に余ってた睫毛美容液をクラスの女子にばらまいたんだよなあ」。蜜は、自分の発言の気持ち悪さにだろうか、少し先走って笑いながら続ける。「あの女の子たち、自分の睫毛が俺に伸ばされたものだと思いながら生きてんのかな」

「えー、なわけないじゃん」とモモが笑うのをよそに蜜は話し続ける。

「まじで、あの女子たちの睫毛が一ミリでも伸びてたらいいよな、そうじゃないと示しがつかんし。示しがつかないどころじゃないかもしれんし。だって男ってさ、なんでもかんでもに精液混ぜる奴だって思われてるじゃん」

「そりゃあ、ニュースとかではよく聞くけどね、そういうの」

「まあ、そこまでは思われないにしてもだよ。だって俺女子からの好感度上げるための万引きまで疑われたんだから。パッケージの裏のバーコードのとこにサンプルって書かれてあるせいでさ」

「でも意外だよ、そんなことしないように見えるから」

「どのあたりが？」

「全部が」

「まあねえ、全部が本当とは言えないかもしれないけど」と蜜は顔をいちどしかめてから笑ってみせる。

小二の男の子がついた嘘のような愛しさを鼻の形に形成してそれを顔の真ん中につけたみたいな人だ、とモモは思った。いちどそう思うとその鼻の形なんかがとても愛らしく思えてきてじっと見つめているとそういうことすべてがまるまる楽しくなってきて会話をしていると鼻どうしでダンスを踊っているみたいで、あとはジェットコースターが落ちるのに時間はかからない。絶対かからない。

モモには、これまでの人生で脈がなかったことなんてたったの一度だってないのだ。どくどきどくどき、いつだって生きていて、いつだって恋をしていて、それは違うふたつのことではあるけれどまったく同じひとつのことで、それなのに奇跡のように重なる、まるで日食みたいなものだった。

モモは地面に書かれたMITSU TANAKA、という字を見た。そのななめ右にMOMO HOSHINOと指で書いた。じっと眺めた。苗字の共通点がNしかなくて、しかもそれは本来モモのものではなくて、星野からたまたま飛び込んできたNだ、というのはすごく奇妙な気がした。

たとえば男ふたりと女ひとりで一緒くたに結婚はできないものか、と考えてみる。星野と結婚している自分が蜜と結婚すれば、みんなで星野の苗字を名乗ることができて、マゼランが証明するまでもなく地球は平和的に丸め込めるような気がする。わたしもともと軽い斜視だし、片方の目で蜜を見て片方の目で星野を見るみたいなことって意外とたぶん簡単なんだよ。そう、なら、脳みそが邪魔になるくらい本気で、生きている男のことを好きになる? モモの脳に恋がちるちる巡り始める。どこからかオルゴールが聞こえてくるような気がして、続いて自分と世界をつなぐ連絡橋がどんどん色づいていくのがはっきりわかった。

モモは体中の角をまるめてころりんと、蜜の家に転がりこむことに成功した。すぐに、まぶたを掛け布団に、長い一晩ぶんの眠気が横になった。

朝、先に目を覚ましたのはモモだった。蜜はそれから数時間してから起き出して、枕に突っ伏した状態のまま手探りで携帯を探した。携帯がつるんとベッドから滑り落ち、床にごつんと当たると、ギターの弦《げん》がじーんと音を鳴らす。蜜は床からスマホをなんとかつかみとり、そして通知を確認したのか、「やっ、ば」と笑みを口に伝わせる。

「昨晩、西田たちが警察に連れてかれたって。奇跡的に、俺は君と一緒にいたときだから大丈夫だったけど」

「だーれ？」

「友達だよ」

「なんで連れてかれたの？」

「器物損壊《きぶつそんかい》じゃない？　あいつらよく物壊すし。でも心配することないよ、あいつらはみんな親が太いからちょっとくらい捕まったって大したことない。そりゃあ俺なんかは親から大事に受け継いだ貧乏を懐《ふところ》でいまだ温めてるわけですから、パクられでもしたら終わるけど」

モモは顔だけで返事をする。

「あとさ、その警察騒ぎのどさくさまぎれに高橋の大麻が親にバレて、で、あいつシンガポールに送られることになったんだって。まじで急展開だな、あいつと会えなくなるのまああ寂しいし。でもまあ一応名目は留学みたいなことだから一年とかそんなんらしいよ。だけど、他に誰がやってるのって母親に詰められたときにあいつ俺とショウの名前出しやがった」

蜜はちらとモモの顔色を窺う。モモはその表情をのぞき見、「なんでシンガポールなの？」と蜜の背骨に自分の耳を合わせる。

「あっちじゃ大麻をやると死刑だから」と蜜は吹き出すように笑う。

やはり蜜はどこか誇らしげだった。警察に捕まったのは蜜ではなく蜜の友達で、大麻をやろうと思いついたのも、蜜ではなく蜜の友達なのだろう。蜜は、その友達たちに疎《うと》まれているだろうな、かわいがられているとしても、そのあまりの疎ましさゆえにかわいがられているのだろう、とモモは思った。でもモモは、そういう人間のちょっとした気持ち悪さを好きになる方法を、星野に教えてもらったから、それを初めて、この人で実践することができると思った。

補助輪なしで、わたしに、手段じゃない恋愛はできるかなぁ？　蜜に顔を近づけると、蜜はぐっと顔を引いた。「えー！」と声を出す。今いる場所の足場が崩れ落ちないかいつも不安で、東西南北は目まぐるしくシャッフルするし、人間関係は日進月歩のミラーボール、だっていうのに、五センチ先にいる人の心ん中はやっぱり不可侵《ふかしん》。

小陰唇《しょういんしん》をぶっちぎって人に食わせるみたいな映画もね、膣内カメラを使用するようなAVもね、人間は肉塊《にくかい》だって身をもってわからせてくれるからいいよね。全身が、満身創痍《まんしんそうい》エディブルなままで、声ごと食べてしまいたいほど蜜の甘い声で語られるくだらない武勇伝を聴いている。昨日の今日で、蜜にキスする。はじめての。

そうして春休みから夏休みにかけて、ふたりの関係の輪郭はさらにくっきりしたものになった。一度家に泊まってしまうと、その家に泊まり続けることは容易であり、その家主と恋愛関係になることはもっともっと簡単だった。これが戦争をうやむやにできるくらいの恋愛かは、まだわからないけれど、それでもとにかく、恋愛である。

蜜とモモは、星野とモモのように、たまたま生きていたところが同じだった、というわけではなくて、ともに生きている、というほうが近かった。つまり星野とモモは、同じ畑の桃で、蜜とモモは、同じ桃の茎《くき》と実だった。

蜜が、同じ女の子に三回告白できるような学生だったことは出会って三か月後に知った。また違う同じ女の子に六回告白できるようなハンドボール部員だったことは半年後知った。でもモモには、星野にとって大いなる愛の対象であった人間のそういった疎ましさを、愛するそのやり方を、もう容易に模倣《もほう》できていた。

モモの恋心はふうせんガムのように膨らんだり萎《しぼ》んだりするようなものではなく、炭素のように世界にただ一定数あるもので、この人のことはめちゃくちゃ好きであの人のことはすこし好き、というような調節ができるものではなかった。今あるすべてのハートをあなたにあげる、か、あげない、のコマンドしかその手に持っていなかった。だから、星野のことはめちゃくちゃ好きだったけど、それはそれとして蜜のことはめちゃくちゃ好きで、ハートは一粒一粒洗って新品同様だし、たとえば小学校のときに考えていた、家のなかが全部トランポリンだったらいいなという妄想がはじけ飛んでぴょんぴょん現実になったみたいなたのしいうれしい日々だった。

モモは隣でギターの練習をする蜜に、「お風呂入るねぇ」と伝えてお風呂場に向かう。

お風呂に入る前に、おりものシートをぺりぺりと外す。高校のときは、そうすればパンツに値段がついたから、これをつけたことは一度もなかったなあ、とモモは考える。

私の矛盾はだれかに、たとえば蜜に、バレているのかな、とモモは訝《いぶか》しむ。蜜はまっすぐな人で、まっすぐな女の子が好きだから、そしてモモはじぶんがねじ曲がっているぶんだけ、どうしたらじぶんをまっすぐに見せられるかというその手段を知っているから、ふたりのあいだの認識は、いつだって平等なものではなかった。蜜がわたしの過去をぜんぶ知って、それがなにか今の、今のふたりの関係に影響するかな、と考えてみる。でも人の過去で今のその人のことを好きかどうかが変わるなんてちょっと理不尽な気だってするし。蝶を見て、あいつは昔芋虫だったから汚い、なんて思わないし、そいつの前世が真っ赤なウインナーだったとして、そのひとのことを嫌いになんてならないから。

蜜は、モモがパンツを売るような女であることを知らない。世界のどこかに、それが誰かの目に触れるものでなくても、人工衛星みたいに、モモの全裸写真が出回っていることを知らない。でもどこかに知る由《よし》はある。恋が永遠でないという根拠だけがある。不可能を証明する手段だけがある。そんなことにはもう、耐えられない、と思う。たとえ今この瞬間を耐えたとしても、耐え続けることは不可能だと思う。

後ろめたいことから逃れるためだけに前を向いている、というのは、死ねないから生きているというのとおんなじことだ。蜜と過ごすどんな毎日にも白髪《しらが》まじりの髪の毛みたいに、白濁した後ろめたさが混じっている。

そういえば、星野、星野は、地球が丸いことと同じくらいの確かさで、モモがパンツを売ってしまうような女で、男好き、アバズレと噂されていたことを知っていた。わざわざ知るまでもなく知っている。知っているというより、覚えている。知らない男が知る男を超えるなんてことは、たぶん、一生ない。だから少女漫画で王子様は幼《おさな》馴染《なじみ》に勝てないわけだし。

過去と記憶が自分の足を引っ張って、でもおかまいなしに今と時間がモモの手を引いていく。赤子の母親だと名乗るふたりの女性が赤子の両手を引っ張り合って、勝ったほうがその赤子を自分のものにできる、という寓話があった。たしか、泣き叫ぶ赤子を見かねて手を離してしまった女性が、自分の子を思いやることのできる真の母親だと認められた、という結末だった。十九歳だ。私がちぎれてしまうのももう時間の問題である。なにか大事なものを置いて行けば過去と記憶も満足するのかも。なにか大事なものを渡せば今と時間は買収されてくれるのかも。死ぬか生きるか、その程度のこと。吐き気のように涙が込み上げてくる。

でも過去は変えられないからね、だからって未来を変えられるってわけじゃないけどさ、だって変えるもなにも決まってないから未来っつうんだし、でもでも、とにかく皆さま未来を見よ。未来、いつか、わたしはどうしても必要とされたい、とモモは思う。ＵＦＯがわたしを宇宙へ連れ去ろうとしたとき、わたしとこの世界を繋ぎ止めておいてくれるものがほしい。コンロの上の小汚いやかんを三回こすって、繋船柱《けいせんちゅう》と、太い太い縄がほしい。

細い細い糸がいつもモモの手元にはある。こぶしのなかの、ロールタイプのデンタルフロス。きょうは長めにフロスの糸を切った。のこぎりで木をギコギコするみたいに、歯茎をフロスでギコギコした。白いフロスに血は滲んだ。滲んで、滲んだ。かなりの長さがあったフロスの白い部分はぜんぶ赤くなった。モモは前歯のあいだにフロスを通してから、手品でもするみたいに、しっぽがでるまでひゅいっと引っ張った。口の中は血の味がした。

出会って数か月も経てばたとえそこに卵がなくたって愛は孵《かえ》るもので、生まれたての双子の赤ちゃんのように、無垢《むく》に、不粋《ぶすい》に、お互いの存在を認め合うことがもう、ふたりにはできた。

だから、モモたちはたった二人でしあわせで、喉から出た手が宇宙まで伸びて行くことはぜったいない。昨日大富豪のとちゅうで散らかしたまま寝たトランプを四枚、順にめくっていく――この男と見る、どうしようもないこころの満ち欠けの記録を――1、1、1、1。てはじめに世界を笑って、ベッドの枕まわりに散らばった、蜜の黒色の髪の毛とモモの金色の髪の毛を笑う。真っ白なタオルのような一日一日を蜜と洗ってベランダに旗揚げしていくこの日々はとても落ち着いていて、それでいていつもなにかの前兆みたいでどこか怖かった。

窓の横。習慣は星野からモモへ、そしてモモから蜜へ、体温のようにゆっくりとめぐったから、蜜との婚姻届がアパートの壁に貼ってある。通販で買った、壁紙にもくっつく粘着性の強いテープで貼り付けている。いちど蜜と喧嘩してやけになって、これを壁から破り取ろうとしたとき、剝がそうとすると確実に壁紙まで剝がれてしまうということがわかった。どうせ蜜が大学に通っている間だけのアパートだ。が、だとすると支払いはもう三年後にまで迫っている。だからこの壁に貼られた婚姻届は、蜜との恋の証というよりむしろ家の退去費用の支払い請求書のようだった。光の加減で、ここから見ると婚姻届の左側、「夫になる人」の名前の部分がちょうどぼやけて見えない。でも大丈夫、そんなことはないよ、という意味で、横で寝ている蜜にそっとキスする。

遮光《しゃこう》カーテンを使っているから、もう昼の一時だが、へやはおおよそ暗い。外は明るいから、フローリングにカーテンの裾《すそ》のなみなみの影ができている。バウバウバウ、と向かいの家の犬がなにかに向かって吠える声は、モモの左手中指のひくつきが収まったと同時にすっと止まる。

「起きなよ」と隣で寝る蜜にささやいた。「動物園だよ」ともう一度言った。蜜は起きない。ふとへやに目をやる。モモはいつも蜜の家を常識の範囲外で汚したから、ここは、見渡しても見渡しても足の踏み場もないような部屋だ。足の踏み場もないくらい、とすかさず考える。足の踏み場もないくらい蜜のことが好きだ。これは大変なことだぞ、考えもおよばない未曽有《みぞう》のことだぞ。だから、シャッターチャンスのように、日常生活のすき間に愛を挟み込める瞬間があるのだとしたら、モモはそれをどうしても逃したくない。布団からのっそり起き出てきた上半身が風に当たって、ふるりと震える。窓が開いていたことに気付いてすぐに——ぱち、ぱち、ぱち、と現実を踏みしめて歩いていくこの確かな足音をまぶたで鳴らしながら——閉めに行く。

へやにある蜜の卒アルをめくりながらモモはほおづえをつく。モモは、出席番号が前後だから、卒アルでは星野と横並びになれた。卒業アルバムは大きくてかさばるので実家に置いてきたものの、この蜜のへやに転がり込んできて、なにもないへやをくるりと見渡して、自分の生活がどれだけ星野まみれだったか！とモモは改めて思ったのだ。そう、このへやと対比させるものはあくまで実家の自室ではなくて星野との生活だった。でももうここからは違うのだ。動物園までひとっとびするために、蜜まみれの自分で、蜜まみれのへやを、蜜といっしょに出る。

動物園の最寄り駅で降りて、ふたりでゲートまでの道を歩いていた。時刻は昼の二時くらいで、ちょうど今から動物園に向かう者たちともうすでに帰途についている者たちで道は混雑していた。向こうから歩いてきていた男四人のうちいちばん目立たない男が、珍しいものでも見つけたみたいに目を輝かせて、「携帯見つかった?」とすれ違いざま、蜜に向かって話しかけてきた。

男四人と男女ふたり、十二本の足は動きを止める。その人だまりを避けて人混みが左右に分かれて捌《さば》かれてゆく。

「携帯?」と蜜のほうを見ると、蜜もなにがなんだかわからない、といった顔をしている。後ろ側にいる三人の男も、訝しげである。

「どういうこと?」と蜜が訊く。タメ口だったから、この男と蜜はなにかしらの知り合い、たぶん高校時代の同級生といったところなのだろうとモモは思った。

「ほら、文化祭のときずっと探してた携帯じゃん」とさらに男は言う。

「ああ」と蜜が変なイントネーションで答えた。

「で、誰なの?」と後ろのいちばん目立つ男が前側にいる男に尋ね、蜜の前に立った男は、獲物を捕らえたことを母親に報告するみたいに誇らしげに、「ほら、蜜じゃん」と言った。「あー、苗字忘れたけど、でも、覚えてるだろ」

「田中蜜」と蜜が名乗った。後ろ側にいた三人の男のうちひとりが「で、なんかしらんけど、携帯、見つかったって?」と蜜に話しかけてきた男に訊いた。「いや──」と前にいた男は蜜をちらと見て、後ろ側が思った以上に盛り上がっていないことに、そしてかっこうの獲物を見つけた自分の功績を認めてもいないことに、落胆《らくたん》しているようだった。

少しして、後ろの男が「行こうぜ」と興味なさげに言って、四人の男たちはそのまま駅のほうへ歩いて行った。蜜はその場に立ったたままだった。

「いつの知り合い?」とモモは尋ねる。

「高校んときのだけど」

蜜があまりにもこれ以上聞くな、という態度をとるので、モモはさらに「携帯ってなに?」と訊く。

「別に」と蜜は顎を突き出す。「あんとき俺、携帯なんて持ってなかったってだけ」

「どういうこと?」

「だからぁ」蜜は、苛立《いらだ》ちを強調するためなのかあまり息継ぎをせずに、気だるげに一気に話した。「高校んとき俺ぁあいつらと同じクラスであいつらと仲良くしててそんで文化祭のとき、文化祭っつうのは同じクラスでいつも一緒にいる奴らとまわるもんっていうのが決まってんだけど、でも俺ぁあんときなんでか知らんけどあいつらに一緒に文化祭まわんの断られたからひとりで校内をぐるぐるしてたの、そんとき他クラスの友達とか女の子に会ったときに先回りして喋りかけて、『携帯なくして探してるとこだから、もし見つけたら教えて』って言ってたのを、あいつらはあんときめちゃくちゃ面白がってた、ってそんだけ」

「いじめとかじゃないだろうけどさ、そういうのは別に」と言ってみて、まず蜜の顔色を窺い、波風が立っていないことを確認してからモモは続ける。「でも言葉としてさ、いじめられた側はいじめのことをずっと覚えてるのにいじめた側はすぐ忘れるって言うじゃん。それで言うと今のってそれの逆だね」

蜜は「まあ」と心ここにあらずといった返事をする。「だから、告白してないのにフラれたみたいな感じかなあ」

折よく動物園の入り口に着いて、二千円でチケットを二枚買い、そのチケットをゲートの横にいる人に渡し、半分ちぎられたチケットを手に持って、ゲートを通る。

「アイス食べたい」とモモは[illegible]そこにあるアイスの自販機を指差したあと、アイスなどまったく食べたくない、と思った。なにか栞《しおり》のようなものを挟まなければ、せっかく楽しみにしていた動物園デートが台無しになってしまう、と懸念したのだ。

案の定、蜜は「いいよ、何味？」と笑った。

「チョコミントがいいな」

「ありえない」と言って、二百円を蜜が投入口に入れる。「で、なにがいい？」

「だからチョコミント」

「クッキーアンドクリームにしよう」と蜜がボタンを押すと、ごろりと出てくる。それを蜜が取り出してモモに渡し、モモが包装を剝いて齧りつく。思ったよりも柔らかい。もう残りは要らない、というところまで来たら蜜に渡す。

「そういやさあ、西田にメジャーデビューしないかって連絡があったらしいんだ」

「聞いたよ」

「俺はこれまで、頑張ってきたと思うんだよ」

「それも知ってる」

蜜が手に持つアイスが溶けて、白い液体がこぼれてきているのを見て、モモはそのアイスを取り返す。口に含む。ふたりは歩き続ける。

「じゃあこれは？　モモには言ったことがないんだけどさ」

「言ったことないなら知らないに決まってるよ」とモモは笑う。「でも話して」

「じゃあ言うけど」と蜜は息を吸う。「俺は高校に上がった時点で、中身が本田くんと入れ替わったんだよ」

「えー？」

「本田くんはさ、中学まではクラスの中心にいるおちゃらけた奴だったのに、高校に上がってからうってかわって陰気な奴になってさあ。ホントに、本田くんと同じ中学から上がって来た奴はみんな、わけがわからないって首を傾げるんだ。フチが異様に太い眼鏡だって高校に入ってからかけ出したんだよ。中学で眼鏡かけてた奴はみーんな高校に入ってコンタクトにするっつうのに、その逆を歩む奴なんて見たことない」

「それはなんでだったの？」

「そりゃあ、俺と中身が入れ替わったからだろうな」と蜜は笑う。「俺はさ、母ちゃんも父ちゃんもすげえいい奴で、兄貴も楽しい奴で、ずっと、俺だけがなーんか違うような気がしてたんだ。だから、やっぱりそうだと思うんだよなあ。なんつうの、赤子取り違え事件みたいなの？　あの人たちに育てられたからそりゃ家族だって感じはしてるけど、遺伝子的になにかが違ってる気がするんだよな」

　モモはくすくす笑い、蜜は真剣な顔をして話し続ける。

「だからつまりさ、俺と本田くんは同じ病院で生まれて、入れ違いになっちゃって、中三から高一になるときに、神様か誰かがそのことに気が付いて、てんやわんやであたふたしちゃって、苦肉の策で、俺らの中身を入れ替えるってことにしたんだ。身体を入れ替えちゃうとやっぱり違和感があるからさ。うん、そうだと思うよ」

　モモはうなずく。

「俺が急に高校から明るくなったのはホントだけど、実際本田くんと喋ったことはないし、誕生日も知らないし、本田くんの両親と会ったこともないから本当のことはわからないけどさ、でもそうだと思うよ」

「ねえ、でも心配してるってわけじゃないんでしょ？　それを聞いてさ、私が本田くんを好きなのか蜜を好きなのかわからないとか、本田くんに会わせてとか言い出すようなことを」

「本田くんに会いたいの？」と蜜は目を見開く。

「別に会いたくないよぉ。ね。これ捨ててくるから」とモモは右手に持つ白い、プラスチックのアイスの棒を振ってみせる。「どこから回るか考えといてよ、私たち、ずっとフラミンゴの檻の前で立ち止まってるよ」

少し離れた場所にあったゴミ箱から振り返ってから、目を凝らして蜜の居場所を探す必要があった。すでに蜜は歩き始めていて、モモが小走りで追い着くと、蜜は「ペンギンだよ、ペンギンを目当てに来たんだ」と目を細めた。

ペンギンのコーナーは動物園のなかでもかなり奥のほうにあった。ほかの動物を無視するわけにもいかないから、ふたりはかなり寄り道をせねばならず、ペンギンのコーナーに辿り着いたのは一時間ほどあとのことだった。

当のペンギンがいる場所は、場所ごとすこし凹んでいて、動物たちが逃げないためだろうか、お城で言う堀のようなものがあり、その中央に、氷に見立てて置かれたものであろう白い台がある。周りには、胸ほどの高さのフェンスがぐるっと配置されている。

「俺に才能があるかの話をしようよ」とふと蜜は言う。

空がだんだん熱くなってくる時間だった。モモと蜜がつれづれに眺めるこのペンギンたちはどこまでも冷たさの象徴だった。蜜がこちらを向く。突然視界いっぱいに蜜の顔がうつる。

「西田にさ、メジャーデビューしないかって連絡があったんだよ」

「うん、聞いたって」

「一歩間違えてたらそれは俺だったかもしれない。俺があのバンドに入るって話も別にあったんだから」

「まあ、一歩間違えてたらの話だけどねぇ」

「ホントは俺は本田くんなんだよ」

「でもそれを含めて蜜でしょう」

「そうなのかなあ？　だってさっき携帯を開いたら、新しい警備員のバイトに落ちてたんだよ」

「関係ないよ」

「だって、タバコが吸える職場だから最高だって思ってたのに。日によって仕事の内容変わるからけっこうギャンブルだけど、でも行き帰りの送迎車でタバコが吸えるんだ、たまに外れの運転手で、今日はちょっとご遠慮を、みたいなこともあるけど」

「面接だってうまくいったって言ってたのにね」

「これで俺には金がないよ、これで七連続だ」

モモはやれやれというように首を振る。

うつむきがちな蜜と目が合った。胸がぎゅっと縮む。この人のことを、俺ぁ不死身だ、と、死んでも言い続けることができる男だと思っていた。だって、どこにいたって、悪意が、空襲《くうしゅう》みたく降ってくんだよ、俺を傷つけることなんて不可能だ！みたいな目を、傷まみれの身体で、もうほんとうに、やめてほしいよ、蜜のようなやわらかい人が、傷つかないことなんて不可能なんだよ。

「だってこんな動物園でも、モモと来たわけじゃなくて男で集まるとやっぱ、度胸試しみたいな感じになるよね。誰がいちばん先にいちばんでかい動物を触れるか、とかさ……。俺、文化祭のとき、なんであいつらと一緒に回らせてもらえなかったか思い出したよ。そもそも俺がずっと浮いてたっつうのも一因だろうけどさ、でもやっぱ一番でかい要因は、水道管を爆発させたとき日和《ひよ》ったからだろーね、俺はそういう度胸試しにはいっつも負けてきたんだよ、勝とうなんて思ったこともないけどさ、この前西田たちが警察に連れて行かれたときだって、俺が連れて行かれなかったのはやっぱり偶然じゃなくて必然だったんだよ。俺はまた、仲間外れになっちまうかなぁ。でもほんとのこと、そんなことは絶対ないんだよ。西田たちがそういう奴じゃないのは、死ぬほどわかっててさ、でも、例えば、」

蜜はふと、俺を傷つけることなんて不可能だ！という目をやめてこちらを見た。蜜がちいさな苺を含めるくらいの大きさだけ口を開けたから、モモは桃にかぶりつけるくらいだけ口を開けてみせる。すると蜜はふっと笑って、モモもにこりと共振《きょうしん》する。

その空間に、心地いいふたり以上の人間がいれば、時間が流れるなんてことはあり得ない。はずなのに、もっと大きな振れ幅で笑ってみせると、時間はどんなふたりをも嘲笑《あざわら》って、やっぱり怪獣のように時間は過ぎる。マリオのワンワンみたく時間は食い潰される。ここは動物園なんだからとりわけそうに決まってる。

過去の——とモモは考える。過去の誰かに数分間だけ成り代わることができるとしたら、蜜が高校をやめたとき蜜と二者面談をした先生に成り代わりたい。十六歳の蜜は、誰も俺のことをわかってくれないと確信していて、ただ、高校にもひとりだけ信用できる気がしていた教諭がいたらしい。蜜は二者面談の相手にその先生を指名した。でも結局その先生はなににも興味を持っていないだけで、それを蜜は自分へのやさしさと勘違いしてしまっていただけだったとわかった。そういうことに対する蜜の絶望の深さをわたしは知っているから、じゃあわたしは、わたしは、その先生になって、十六歳の蜜のすべてをわかっているふりをしよう。自転車の籠《かご》に入れられたショートケーキみたくぼろぼろになる運命の蜜に、「あなたがこれから進む道はきっと正しいし、あなたを傷つけることは、世界には絶対、不可能だろう」と言ってみよう。

そして蜜のほうを振り向いてそう言おうとしたとき、蜜がペンギンに向かってふと手を伸ばしているのが見えた。髪をかきむしる。ペンギンたちは蜜のほうを向いていない。

蜜はまずフェンスに足をかけ、「蜜?」、向こう側にぐっと乗り出し、乗り越えた、「ちょっと」、ダンクシュートでもするみたいにモモに自分の脱いだ革靴を投げ渡す、「蜜!」、そして濁った緑色の水に身体を浸したかと思えば、ひとストロークで白い岸にたどり着く。両手を岸に置いて体重をぐっと乗せ、池から身を乗り出した。蜜の着ていたきれいな水色のTシャツがすっかり青色になっているのがわかった。こちらに覆いかぶさってくるような青い空のもと、網《あみ》のように大きな手をペンギンのほうに伸ばす。ペンギンは特にざわめく様子もない。一羽一羽がひとつひとつの地雷のような形をしている。それが爆発したみたいに太陽が目にぎらついて、心がキン、と凍ったような気がした。

騒ぎを聞きつけたのだろうか、三人ほどの飼育員がペンギン側からわらわらと出てくる。蜜はいちど取り押さえられるともう抵抗しなかった。

「だからだめなんだよ、俺には金がないんだ。俺の友達が警察に捕まっても大丈夫なんだよあいつらには親が太くて金があるから、でも俺は」

「とりあえず事務所のほうで――」

「モモ」と蜜が大きな声でこちらに向かって言う。

「お連れ様ですか?」と、フェンスの外側から様子を見に来ていた飼育員に訊かれる。

「すみません、彼は精神的に不安定なところがあって少し取り乱しているみたいで──」

「おそらく向こうでお話を──」

「なにか警察とか呼ばれたりは──?」

「私有地なので基本的には刑事事件には致しませんがもしあちらに反省の色が」

「才能ならある」と蜜は言った。「金ならない。才能ならある」

蜜はこらえきれない、というようににやついていた。長い髪をいつものように右手でかきあげる。

ふしぎだ、とモモは思った。モモにとって、自分が悲しく思っていないのにこの人ひとりが悲しんでいるというのはふしぎなことだった。だって、ああ、星野があんなふうになっていたときに自分はそれに共感していなかったことを、どこか他人事だったことを、そして今、蜜のなかにある悲しみが自分にないことを、同等のこととして感じた。それは、二人にとって、わたしが特別ではないということなんだろうか。二人は、その「特別」を、これから見つけていくんだろうか。

だから、こんなことはやめてほしい、と思ってから、自分はもしかして蜜の内側には、いないのではないか、と思った。蜜の生きている世界と、自分の生きている世界は、違うのではないか。自分の身体をつねってみて痛みを感じなかったらきっとかなしい。でも、愛し合うということは――ちょっと主語膨らませちゃった大丈夫かな、でもほんとうに――理解し合うことでは絶対ない。まだ習っていない漢字に覚えるあの感情が、好きな人に対してはずっとある。自分もこの人も、たとえばあの人も、同じ人間だということがよくわからない。説明がつかない。だから、わたしの人生もみんなの人生も同じ人生だってことがすごくふしぎだ。じゃぶじゃぶのデジャヴをボートレーサーみたいにかき分けて生きていく、ことは楽しいそれなりに、光の粒があたりに散らばって！

蜜がどこかに連れ去られてから、モモは動物たちをひとりで見ていた。ひとりで見るたくさんの動物はたいていは目に余った。でも、大切なものをモモが見過ごしてきたことは絶対ない。モモが選んできたすべての道は、ぜったいに正しい道である。いつ、誰が、過去のモモと話していたその人と入れ替わって、「あなたの選んできたすべての道は、ぜったいに正しい道だよ」と言ってくれるかわからない。というか、たぶん、誰かが、いつかのタイミングでそうしてくれたからすでにわたしの記憶は改竄《かいざん》されていて、今わたしは、こんなわたしに、こんなふうに思えるんだろう。

でも、そんなことはどうでもよくて、どどん、わたしの選んできたすべての道は、ぜったいに正しい道である。今自分から見えているものすべてがその証拠だ。空は青く、水は緑色だった。数十羽のペンギンのほっぺたを、片っ端から持ち上げたかった。

この日、無冠の帝王のあたまに、威力業務妨害《いりょくぎょうむぼうがい》で厳重注意、という王冠が載った。マジカルバナナ、夕日は赤い、赤いと言ったら。モモは絡まった二つの手を持ち上げて夕日に透かす。蜜の中指の皮はめくれ、赤色に膨れ上がっていた。薬指も少しだけ痛々しげだった。理由は膣が酸性だからで間違いないと思うが、ふたりで「膣ん中が酸性だからだよね」とすり合わせをしたことはない。モモも中指だけがすこし爛《ただ》れていた。夕焼けのなかを、蜜だけが手に力を入れて、荒れた中指を絡ませながら、おんなじ住所の部屋に帰った。

蜜は帰宅すると、「身体が気持ち悪いから」とすぐシャワーを浴びた。あんなに汚い池の中に入ったのだから、当然だとは思うけれど、あつあつの興奮も冷めやらぬまま、いろいろなことをあなたと話したい気分だったから、モモは、お風呂の中折れ戸に背中を——待ちくたびれて、お腹も——くっつけて蜜を待っていた。輪郭がぼやぼやした肌色があれこれするのがドア越しにわかった。

扉は中折れ式で開いて、中から蜜が、バスタオルを取るために、こちらに手を伸ばしてきた。その手首をつかむ。蜜がなにかを言って、モモは、甘ったるい、と感じる。蜜の声はとても甘ったるくて、いつもその意味を理解するより先に胸やけがする。

モモはぺたりと座り込んでいて、蜜は温かいしずくまみれでその場に立っていた。「長風呂しちゃったからさ、コップ取ってくれない」と蜜に言われたから、コップ、洗面所、冷蔵庫、をピンポン玉みたいに跳ね回ってお水を用意する。

蜜に続いてコップの水を飲もうとすると、コップの外側に髪の毛が二本へばりついているのが見えた。一本は金色の髪の毛で、一本は半分黒で半分金色の髪の毛で、どちらも長かった。たしかな生活の柄である。水をそのままごくりと飲み干すと、二本とも外側ではなく内側についているのがわかった。ちょっと笑って、蜜を上目遣いで見る。運命は何秒にひとつ生まれるのかな。この世には、どれだけ規模の小さな伝説があるかな。「なに?」と蜜がこちらに向かって言う。

仁王《におう》立ちした蜜の近くにぺたりと座り込んでいる。真上を見上げると蜜と目が合う。どちらともなくにこりにこりと共振する。第二関節で少し曲がった、蜜の右足の小指はモモにウインクしているようだったから、その側面をつんつんと突いてやる。そのまま自分の手でつまんで少し力を込める。そのままちぎりとろうと試みる。すると手は床に吹っ飛ばされて突然のノックダウン、モモの手を蜜が、思いっきりはたいたのだった。

「なにするの?」

「いや、痛いから、やめてよ」

「でも別にこんなの、要らないでしょ?」

蜜はため息を吐《つ》いて、その度の強いコンタクトの代わりに瞳《ひとみ》に氷をはめたみたいな目をする。「おかしいじゃん。今日だってあいつらとサウナに行く約束をしてるんだよ。みんな足をほっぽり出してあそこに座るっていうのに、俺だけ数が合わなかったら変だよ」

「でも、私は蜜のことが好きなんだよ」

「だからどうしたの。好きな人に自分の好きなようになれって言うのはおかしいでしょ」

おかしい、の、「い」の部分が、いつものようにかわいい、と意識のうわずみで思った。普通の人が広げる「い」より数ミリ多く唇を横に引き伸ばす、その母音がｉのときにおける、無意味でかつキュートな労力の無駄遣いが、蜜のすべてを体現しているような気がして、いつも愛おしかった。相手があまりに無垢だから、悪いのは自分のほうなのかな、と怒りに手綱を任せる前に考えてみる。

今日のことに関して、モモがかねてから想像していた蜜の可動域から蜜が容易に抜け出たのがとても怖くて、つまり、それができたということは、蜜がいつでも自分から逃げ出せるということだから、自分は、自分の思う蜜の領域の範囲を広げるために、その帳尻を合わせるために、わたし、この小指をちぎりとろうとしたのかな。

「私は蜜のことが好きなんだよ」ともう一度言う。

蜜はそのことばをぐしゃりと握り潰すようにこぶしを握って、不満げに目を細めた。生理中でもモモが望めばすることも厭《いと》わなくて、例えばモモが大きな怪我を負うくらいなら自分の指くらい、あるいは左腕くらい失うこともちっとも構わないくせに、こんなに大事なことを、どうしてわかってくれないのだろう、と思った。遊び半分でタトゥーを入れるとか、モモの気分に合わせて籍を出し入れするとか、そういったことは面白半分、そしてもちろんもう半分はモモへの愛で了承してくれるような蜜が、こういった態度をとると、まるでおまえのことなんてまったく好きじゃなくなった、とはねつけられているように思えて、モモの息は荒くなる。

獣どうしの喧嘩のように、膠着《こうちゃく》状態もじゃれ合いもたったひとときの話である。腑《ふ》抜《ぬ》けた怒り方をしながら、モモは蜜の足の指につかみかかってみせる。「やめろって」と蜜は言い、やめないモモを見かねて、「やめろって！」ともう一度怒号を飛ばし、「お前いいかげんにしろ」と人差し指で刺すようにモモの胸を突く。すぐにモモは怒りに任せて蜜の髪を引っ張る。蜜はモモの手を思いっきりぶって、モモは蜜をにらむ。数秒間にらみ合ったあと、モモはそのまま玄関に続く廊下をつかつかと、怒りだけを原動力に足を動かしていった。

言葉でも物でも、なにかを投げつけて傷つけたかったけれど、なにも持ってはいない、と思ってからすぐ、玄関の脇にある冷蔵庫が目に入った。それを開けて、卵を両手に三つずつ持って思いっきり蜜の身体に投げつけた。冷蔵庫にはゆで卵と生卵と半熟の卵があったけれど、怒りの熱で頭が締め付けられていたから、自分がなにを取り出して今なにを投げつけているのかはわからなかった。それは卵が蜜に当たってからわかった。割れたものは生卵だったし、鈍い音を立てて床に落ちるのはゆで卵、その中間のものは半熟卵だった。ゆで、二つ同時に生ゆで、三つ同時に生生半熟、と卵は蜜に当たった。この家の床は汚いから、ほこりなんかと黄身が混じりあって、掃除するのは大変だろうなと思った。蜜はあっけにとられたような顔をして、かすれた声でなにかを言った。玄関の扉を開く。できるだけ遠くへ歩いて行こうと思った。

強い夜風は身体のすべての穴と窪みを通った。涼しく、心地よかった。誰ともどこでも繋がっていない自分は、どうしたところでひとりなのだ、とモモは思った。二枚貝を繋ぐ貝柱が、分数の上下を分けるあの棒が、羨ましい、と思った。貝柱があるおかげで貝は泳ぐことができる、なんて、とっても馬鹿らしくて、じゃあわたしはどうやって泳いでいけばいいというのだろうか。わたしと、誰でもいいから、誰かを繋ぐ、絶対的で、圧倒的な、ひもがあったら。これを取り外せないのは悔しい、なんて、自分と繋がれている誰かがそう思うなら、わたしも、悔しいねぇなんて同調してみせるのに。乾いた風が乾いた目から涙をほじくり出して、モモは、自分は、なにか大きな物語の構成員になることは生涯一度もなく、ぐにゃぐにゃで、身に着けるどんな友達も恋人も、目についたものと互換可能なのだ、と思った。

ぱちん、とまばたきすると、涙が一粒落ちたから、左指の爪でそれを受け止めた。その一滴は爪の表面だけにきれいに広がり、トップコートを塗布してすぐ後みたく透明に艶《つや》めく。

ならば！私自身が誰かのかけがえないものになるわけがないよね。夜空のかすんだ星を見上げて、頭ん中で星たちをぐっちゃぐちゃにかき混ぜてみる。星たちがフルーツバスケットしたとして私たちはそれに気が付くことができるかな。星の個性に、たとえばほら、あの星が、死にたい、とゆっくり瞬《またた》いたとして、おまえたちはそれに共感することはできるのか。せなかにSparkly this wayと書かれたスウェットを着た若者が自転車立ちこぎで、モモの横をかけぬけていく。

Sparkly this way. Sparkly, Sparkly this way.

たったひとりで、八十七年を生き切ることはできるか。涙を誰かの服に渡さず諦めを言葉尻から滲ませず、怒りを下唇に預けて固執《こしつ》を左心室にあつめて、たったひとりで駆け抜けるように生き抜くことが。わたしにはそれが、わたしにはそれがどうしてもできない。

わたしを逆さにして振って、心臓だけがすっからからんころんと鳴るようなことになったとき、わたしの身体だけを愛してくれる人はいるのか。わたしがセクタムセンプラでつむじからつま先までずたずたになったとき、わたしの頭の中だけを愛してくれる人はいるのか。そもそもわたしがわたしである理由がパンパンに身体のなかに充満していたとして、そのときこの、まんまるとしたこのわたしを、愛してくれるひとはいるのか。

王子様にキスされないと解けない最悪の呪いみたいに、恋愛は、革命だ、と思う。おんなじ意味で、それ以外のことは、退化だ、と思う。

だから、やっぱり思うよ。あと何回自分を、頭からつま先までめくり上げられるかなあって。死にかけでも遅くないと思う。寿命三秒前でも生後三秒でもやっぱりそうなはずだから。だからさ。自分の身体のどの器官から、毛糸玉のような人生のなに色の糸から、革命ってやつを起こしたい？　モモは足の小指から、蜜と繋がる赤い糸から。スリーフィンガーから、唇から、顔から、心臓から。なら今すぐにここから、トラ・トラ・トラ。自分の心のなかを覗き込んでねほらほらほら、大切なものをたんと燃やせば、どうだあかるくなつたろう……

モモは、月が異様に大きな、なんとなくその黒色の部分が粘ついている気がする夜を、蜜と歩いていた。自分が突然背中から空のほうへ吹っ飛ばされて、あの月とか星とかのように、黒い部分に糊《のり》付けされる想像をしてみる。背中だけがべったり貼り付けられているから、虫のように手足をバタバタさせるしか方法はない。通行人を何人かこちらに引き寄せて、同じ体勢にさせ、幾人《いくにん》かでバタバタバタバタしたあと、スッと自分だけを地面に降ろして、そのまま蜜と歩き続ける。

夜の膜を身から引き剝がし、マンションのエントランスに入る。エレベーターを出て三つ目の玄関が蜜のともだちの家だった。名前の知らない事務所から、まだ確定ではないものの、メジャー契約の話をもらっているバンドに所属しているらしい、あの蜜のともだちだった。蜜は、そんなに悲しむなら、息のできる場所を、お前にも提供してやるよ、と、この場所と、友人たちを、モモに紹介すると言ったのだった。

リビングまで進んで、薄暗いなか目を凝らすと、髪を乱暴に伸ばした蜜と風貌の似ている男がたくさんいた。髪の長い男が四人、短い男が二人くらいだった。女の子はサンタひとりのようで、彼らの会話の隙間隙間に、楽しげに、装飾品のように笑いを落としているのが見えた。

カルチャーで鬱蒼《うっそう》とした、喫煙所みたいなリビングだ、と思った。レコードプレーヤーに映画のポスター、本棚からあふれて床に積まれに積まれた本。さっきまで新鮮な夜気を吸っていたからなおさら、へやのなかは生暖かく、薄暗く、煙くさかった。

四角いへやの、一面には窓とベランダ、他の一面にはクローゼットとドア、また別の一面はベッド、最後の一面にはスクリーンとソファーが置かれていた。そのソファーに座ってスクリーンの映画を観ている人がいるからだろうか、へやは豆電球の光のみで照らされていた。辺りは乱雑で、座れる場所はベッドの上にしかなかったが、「なにをかき分けてもいいから」と蜜のともだちは輪をつくっているその背中ごしに言った。蜜はすぐにともだちのほうに向かって行き、輪の中に落ち着いた途端、安心したように背中を丸めた。

モモはひとまずベランダ側の大きな窓に張り付いて、静かに耳を澄ませていた。サッシにびっしりまっくろくろすけが生えているのに気づいてからは、ピッタリ窓にくっつくのはやめて、床に積まれてある本を開いたり閉じたり、コンセントのコードを抜いたり挿したりしていた。長髪で目の悪い男が多く集まるへやだからだろう、髪の毛がおびただしく本の下敷きになっていて、床の物を動かすとほこりやら髪の毛やらもいっしょに生き物のようにぞろぞろ動いた。

煙があちこちで立ち昇っていた。タバコの臭いと、酸っぱい、耐えがたい臭いは鼻《び》腔《くう》のあたりで踊ることをやめない。大麻らしきものが絆《きずな》みたく人々の間を順々にめぐっている。

トイレを借りようとして廊下に出ると、蜜に「これが俺らだよ」と昔見せてもらった集合写真のすみっこで、天然パーマをくねらせて申し訳なさそうにピースしていた少年が、ラリってトイレに倒れこみ、なにかをぶつぶつ呟き続けていた。モモはまたもと居た場所にまで戻って来る。廊下からリビングに繋がるドアを開けっぱなしにしておいたから、ぼうっと廊下を眺めていると、トイレに向かった誰かが彼を蹴って、用を足さないまま戻ってくる様が二回見られた。

スーパースローモーションの鬼ごっこが行われているようで、タバコのような形をしたそれは膨大な冒険のあと、モモのところまでまわってきた。ジョイントを手に持ったまま、ひととき立ち尽くす。魂が抜けるみたいに煙がモモの右手からゆらりと立ち昇っていく。この嫌な感じは足のほうからとろとろモモを満たしていった。

しばらくすると今度はサンタがトイレに向かって、個室に入ったかと思うと、「キャッ」と声を上げ、男たちはそれに引きずられるように忍び笑いする。ふしぎに思ってサンタを迎えに行くと、その少年のズボンが少し下ろされて、皮を被ったチの先端が上向きにそこに挟まれていた。モモは、サンタの左手を自分の右手でとった。サンタがそのかたまりをぎゅっと握った。

長髪の男と、その男と肩を組んだ長髪の男がフラつきながらここまでやって来て、「サンタ、いつものしようよ、パーティだよ」と言う。肩を組まれているほうの男がジョイントを手に持っていて、サンタはそれを受け取り、ひと吸いした。

「今日はじゃあ、その子に、手伝ってもらいなよ」と男は言って、サンタはこくんとうなずいた。

サンタはリビングと廊下の間にあるドアを閉めて、ロングスカートを脱ぎ落とした。腕を十字にしてセーターの裾をつかみ、そのままダンスでも踊るように腰を振りながら両手を上げて、幾何学柄《きかがくがら》の、赤黒いセーターを脱いだ。モモにホックを外してもらう間にサンタはパンツを脱ぎ終える。

「なにをするの？」という質問にサンタは答えない。

サンタはダブルのトイレットペーパーの端を自分が持って、ロールのほうをモモに持たせた。そしてトイレットペーパーの端を右の脇腹に押し付け、「そのまま巻いて」と言う。サンタは両手を上げて、モモはきつく、それでいて破れないように留意しながら、その身体にトイレットペーパーを巻き付けた。お腹がひととおり守られると、今度は胸へ、そのとき、強く引っ張りすぎてしまったのか、ミシン目で紙が少し破けてしまったから、どうしよう、というふうにサンタを見上げると、サンタはラックの上にあったガムテープをこちらに渡してきた。それで補強して、そのまま巻き付け続ける。

まだひと巻きしかしていないから、寒さを煮詰めてできたふたつの突起がまだ紙越しに張っている。その色が濃いから、雲越しの太陽みたく、うっすら透けても見える。お腹と胸が十分巻けると、ショルダーバッグの肩掛けひものようにいちど肩を通って、今度は胸からお腹へ、それが終わると、お相撲さんのまわしのようにいちど下腹部を覆って、次はお尻に巻き付ける。

「ねえ、ほんとう、なにするの?」とモモは手を動かしながらもう一度訊く。

「初めはね、乱交パーティみたいな感じだったんだよ。でもたまき、いつからかなぁ? 大学の、二、三年だと思うんだけど、なにかを口に入れるだけで気持ち悪くなるようになったの。だから乱交とかはもー無理かなぁ。たまきも歳とったよね。で、だから痩せてるでしょ? だから痩せてるんだよー! ピース」とサンタはピースしてみせる。「大好きなものが全部食べらんなくなったの。歯ブラシを口ん中入れるだけでオエッてなるから歯も磨けてなくて、口とかヤな臭いするかも」

そのままサンタははぁっと息を吹きかけてきて、星野の姉だ、とモモは笑った。

「で、口がヤな臭いな以上チューもできない。それはまんまイコールで生きてけないってことなんだよ。口に入れるのが、男の人の身体のどの部分でもなんだよ、足の指でも、乳首でももうダメなの。口に入るだけできめーってなる。チンコでもだめなんだよ？　嫌だってわけじゃなくて、身体的に吐きそうになるの。最悪だよだってたまき、カウパーのこと超ラブだったんだもんねー、セーエキのことはほんと嫌いだけどね」

　サンタのトイレットペーパーでぐるぐる巻きの腹がすうっと膨らむ。

「だからね、大富豪の革命が起こったみたいなの、好きなもん順に嫌いになるの。やっぱりじゃあもう生きてけないやー。でも触れないで済むから、これだけは楽しんでられるよ」。サンタは身をよじって、そのまま三よじりぶん踊ってみせる。「たまきこれが大好きなの。ほんとうに、鎮静剤でも誰か打ってくれないかなー。ねえ、ホントのレンアイってそゆことなの？　やぁばい人生に鎮静剤を打つってことがレンアイするってことでしょう？　たまきもそろそろまじめに生きてかなくちゃ！　もうだって挿《い》れられるだけでマンコも痛いの。じゃあどうしたらいいの？　大麻でも吸ってこのまま生きてけって？　えーだめでしょー。たまきほんとに法律とかは破りたくないし」

　モモがトイレットペーパーを巻く手を止めると、サンタが「もう少し」となおも言うから、サンタの周りを、サンタの身体を押さえながら、ぐるぐるまわった。だんだん目が回ってきたから、今度はサンタのほうを回した。サンタのろれつがさらに回らなくなる。

「お尻を出した子一等賞って言われたからここまで来たんだけど、ねえトロフィはどこにあるの？」

そう言ってサンタが出した手のひらを、ハイハイ、とモモは握る。

「ねえ、男の人とは、もう、これで一生自分を慰めることできるなって感じの写真、て言ってもエロくない写真ね、局部が出てるとかそういうんじゃないやつ、もちろんそういう写真のときもあるけど、そうとは限らないってこと、あれがあればもう、その人とはバイバイしてもいいかなって思えるんだよ」

「星野で言う婚姻届みたいなこと？」

「そうだよー。でも充のはたまきののパクリなんだよ」

話し声が聞こえたのか、「もーいーかぁい？」と誰かがドア越しに尋ねてくる。ねっとりした低い笑い声がドアの隙間から膨らんでくる。

その声かけから、サンタがなにをさせられようと、あるいは、サンタに言わせると、サンタがなにをしてみせようとしているのか、大体予測はついたから、モモは「まだ！」とドアの向こうに怒鳴る。

愛娘《まなむすめ》を都会に送り出すように、何度も何度も巻いた。サンタのお尻の肉が見えなくなるまでには、トイレットペーパーは片手で握れるくらいの太さになっていた。「トイレ行っとけばよかったー」とサンタが言うから、モモは「もう遅いよ」と笑う。トイレットペーパーが残り少ないから、あとは妥協《だきょう》で、お腹に巻き付けたり、肩に通したりする。

ミニドレスだ、と言えるほどには、きちんとした服の形をしていた。しかし、表面を撫でてみるとやはり紙の質感だった。中途半端なミイラのような格好のサンタとともに、リビングに出る。もともとへやでかけられていた音楽の音量が、十倍くらいに増大しており、耳をすまさずとも音楽のほうから耳へ殴りこみをかけてきた。ドアの脇にいた男が、サンタにもういちどジョイントを咥えさせた。サンタはそのまま吸う。

流れているのは、止まった……と思えば流れたり！穏やかだ……と思ったら激しくなったり！する洋楽だった。人差し指や、足や、首で、たんたかたんたん、とリズムを取る者が多くいて、サンタはなにかに突き動かされるように踊り出した。あやつり人形のそれのようにコミカルな踊りだった。それでいて、手の伸ばし方や足の伸ばし方なんかは白鳥が首を伸ばすようにきれいで、サンタが昔バレエを習っていたという話を彷彿《ほうふつ》とさせた。

男たちのほとんどは手に黄緑やピンクや青のちゃちい水鉄砲を持っていて、「俺はそんなものには興味がない」とベルトに挿してスカしてみせている者もいれば、わざとらしく水鉄砲をかまえ、銃口の煙を吹き消すように、ふぅ、とやってみせる者もいて――いくらパキって目が充血しているからといって免罪符《めんざいふ》にはならない、それは目が赤いだけの蜜だった。昨日の蜜との喧嘩の記憶だってモモの脳を小突くのをやめていないから、苛立ちは容易に再発した。でもふたりいてやっとパーティを抜け出すことができるのにひとりの力でパーティを止めることなんて不可能で、モモはどうすることもできないまま、ゲームのなかでアバターをつまんで動かすみたいに、頭の中で蜜をつまんで窓の外へ投げ落としてやる。

サンタがくるりと一回転するだけで地軸が動く、狭いへやである。サンタから噴水が起こっているのか、と思うほど、あちこちから絶え間なく水流が向けられはじめた。はじめのうちは、ぽつ、ぽつ、ぽつと一点ずつだった色変わりも、だんだん周りに染みてきて広がっていった。サンタはさらに踊りを激しくさせた。胸を覆っていた部分もはだけてくる。一本の水流が当たって、地割れのように服の胸の部分が裂け、左胸があらわになり、しばらくして次にお尻、右胸、最終的には、お腹の部分だけに、腹巻のようにトイレットペーパーはたまった。

水流は安い水鉄砲だから細く弱く、へやの薄明りのせいで暗く、それぞれは、交わったり平行だったりねじれの位置だったりした。サンタは輪をかけて楽しげだった。

室内はざわ、ざわ、ざわ、としていた。あちこちで煙が上がり、水が行ったり来たりしていた。男たちは、ここは異世界なのかな、と思うほど、見たこともないような、恍惚《こうこつ》とした気持ちの悪い表情をしていて、それでいて右手だけは冷静沈着、手に持つタバコにだけには、水がかからないよう、十分注意しているように見えた。

大通りに面するこのマンション。ＥＤＭを大音量で流す車が家の前を通って、ヘッドライトがカーテンのすき間から一筋、猛スピードで差し込み、へやをざっくりと切っていった。なにもなかったような顔をしてへやはざわ、ざわ、ざわ……。蜜の言う、ここでは孤独は存在しえない、という意味が、やっと少しわかった。ゴキブリの卵みたく孤独が集まり合って、あふれているからである。

でも、ゴキブリどうしで集まってゴキブリカルチャーを育《はぐく》んで子どもを大量に産んでどうすんだよ。そうだよ。どうしてもゴキブリでいたくないゴキブリは夜にうずくまらない、どうしようもなく朝に繰り出す。ウミガメでいたくないウミガメは海には向かわない、たったひとり、街に向かって……。

そうだよ、ともういちどモモは思った。だから歯ぎしりを右、左、で二回して、右足、左足と踏み出して、トイレのほうへ向かった。この家の床をはだしで歩くと足の裏にゴミがついて気持ち悪いから、倒れた男をマットにして服を脱いだ。男はうめいた。足の裏が体温で温められた。トイレットペーパーを身体に巻き付け始めた。サンタに使ったものはすでになかったから、新しいものを出さなければならなかった。右手と左手でパスし合ってトイレットペーパーを身体の周りでぐるぐるぐるぐる回しているると、これは自分でする方が簡単なんだな、と思った。すでに気持ちは投げやりだったから、そのまま恥も外聞も自分のなかから投げやった。そこには蜜への恋心も、いくらかくっついていたんじゃないかと思う。

モモはそのまま、リビングに踊り出て行った。くしゃみでも、踊り狂う半裸《はんら》の女でも、あるいは小爆発くらいでも、すべて容易に飲み込んでしまうような乱痴気《らんちき》さがここには蔓延していた。薄暗いなか、蜜の、攻撃的な目線を素通りして、音楽に合わせて身体をよじる。それは自分に向けられる銃口の発射を許可する合図でもあった。水が飛んでくる。服は分厚かったから、初めは小突かれるような感覚だけがあって、のちに冷たくくすぐられるように変わり、どちらにしろ気持ちよかった。気持ちいい部分は、少しするとべたついた。衣服がはだけ溶けていくにつれ、不格好、だとか、恥《ち》辱《じょく》、というような単語は、辞書からするするんとすり落ちていった。

しばらく踊り続けると、トイレットペーパーで丹念に織ったドレスは、完全に原形をとどめなくなり、部分部分に紙がへばりつき、腹巻をしている以外は全裸の女がふたり、踊っているだけになった。水鉄砲ももう必要なく、床に投げ捨てられていたから、踏むと痛かった。俺らが来ればどこでもパーティだ!なんて歌う曲はたくさんあって、じゃあ、自分とサンタ抜きでもここはきちんとパーティかな、とモモは思った。

ほぼ裸でサンタと抱き合って、的となるのを甘んじて受け入れていた。胸を合わせていたから、お尻ばかりが狙われた。モモは離れ胸で、サンタはそうではなかったから、こうして抱き合うだけで、サンタの胸を完全に守ることができた。

サンタとモモが踊り飽きるよりも、男たちが水鉄砲を撃ち飽きるほうがずっと早く、誰かが蜜に「お前の彼女、妖怪みたい」と言うのが聞こえた。

「サンタは寝かしとくとして、この女、もう連れ出したら？　キマりすぎてんじゃない」

「どっちにしろ、もう食べるものがないよ、買い出しに行こうと思ってたから、この子送りがてら外出ようよ」

自分が蜜に「この子」、と呼ばれたことに気が付くのには時間がかかった。反論をしたかったけれど、いちど怒りに任せて喋らないと決めてしばらくそれを守り通していたから、怒るのをやめるタイミングを見失ったときのように、もう二度と喋ることはできないような気がしていた。自殺を決めた人も、こんなふうに死んでいくのかな、とモモは思った。

黙ったまま座り込むモモの横をたくさんの長い脚が牢屋の檻《おり》のように通っていき、雑踏のなか、「君はどこんとこのマンコ？」と誰かに訊かれた。

「蜜の」とまた別の誰かが答えて、波のように静かな笑いが起こる。ああ、そうか、これは蜜のマンコか、へえ、じゃあ、俺のマンコではないな、と、理解は水のように広がったように見えた。

「ひどぉい」とサンタが、大きな目で、反旗を翻《ひるがえ》すようにまばたきした。一瞬時は止まって、サンタがいつもよりずっとずっと小さく見えた。

「間違ってないじゃん」とひとりの男が苛ついたように言った。「だってお前だってみんなのマンコじゃん。蜜のマンコでもあるじゃん」

「とりあえず」と蜜が声を張り上げた。「ごはん買いに行こう」と蜜はへやに呼びかけるように言う。そしてサンタのほうに向きなおって少しかがみ、サンタの頬肉をこねながら「ねえ嘘だよぉごめんね」と赤子をあやすように言った。そして、さっきサンタがその肩に寄り掛かっていた男の腕をつかみ、その耳に口を寄せ、なにかを言う。その男は使命を請け負った、とでもいうようにうなずく。

「ほら」と蜜は買い出しに付き合おうと立ち上がっていた男たちを玄関のほうに誘導していく。なんとかその場を収めようとするその嬉々《きき》とした態度が気持ち悪かった。こんな男の愛し方を、星野にもう一度教え直してほしいと思った。

「サンタちゃんの完璧な世界、私が崩してしまったかもしれない」とごめんね、の文意を練り込んで、サンタにささやく。

「こんなのたまき、ほんとに知らなかったなぁ」とサンタが笑う。「てっきり、あっちがたまきのものなんだと思ってた。そんなわけないとも、本当は知ってたのかなぁ」

「なんにしろ、ひどいよ、ここは」とモモは言った。言うまでもないことだったから、言葉の周りに、諦めをぽんぽんぽんっと並べる。

ごきぶりホイホイの入り口から、仲間が中で死んでいるのを見たような気分だった。自分がもう少しで行き着くところがこんなところだとしたら、本当にもう、どうしようもない。

「でも」とイヤイヤ期の子供のようにサンタは言う。「そんなこと言うのだってひどいよ。たまきのこと好きな男の子たちのこと、たまきは好きなんだから。でもたまき、モモちゃんのことだって好きだから、蜜をモモちゃんに紹介したことに悪気なんてほんとになかった」

「そんなこと疑ってないよ、わかってるよ」

「それに、たまき、別に裏切られただなんて思ってないよ。だって、知ってたんだよ。知ってることを、たまきを傷つける武器にされても、全然、傷つかない」

サンタが数分前に口にした知らなかった、はこのとき上書きされたから、モモもその変更に追随《ついずい》する。サンタはモモを見上げて、両手でモモの右手を挟む。

「だから、モモちゃんが心配しなくても、たまきの完璧な世界は壊しようがないの。モモちゃんがここにたまきより馴染んで、たまきよりたまきになったら、壊れちゃうかもしれないけど、そうじゃないなら、大丈夫。これで本当に十分、もともとなんでもいいんだから、これでいい」

「そりゃ、サンタちゃんには壊しようはないけど、あいつらには壊しようがあるんだよ」とモモが言うと、サンタが、ふてくされたように「面倒くさいから、誰も壊そうとしないよ、壊す手間のほうがもったいないはずだよ」と言う。

「私、自分が選んできたものが、全部間違ってたって気分なんだよ。サンタちゃんは、そうじゃない?」とモモが訊くと、間髪容《かんはつい》れずサンタがうなずく、「本当?」、もういちどうなずく。モモはかすかに苛立ちながら続ける。

「でも、サンタちゃんがお母さんから逃げ出したのだって、もっといい生き方じゃなくて、もっといいやり過ごし方を、見つけただけじゃん。お母さんの言いなりになるより、男たちといるほうがマシだったたってわけ?」

「ここから一緒に逃げてほしいって言いたいの?」と真っ裸のサンタは訝しげに言う。

「ならたまきは絶対にやだ。モモちゃんのことは好きだけど、モモちゃんのことは信用できない。モモちゃんのことが好きっていうのは嘘じゃないけど、女の子のことはやっぱり嫌い。だって、たまきのこと裏切らないって証明する方法がないんだもん」

モモにぶら下がっていないものが、サンタを傷つけるというのに、モモにぶら下がっていないものが、サンタに入りようがないから、モモはサンタの信用を勝ち取ることができない。自分の身体の一部分を、サンタにあげることができないから、サンタの心のなかに入る許可証がない。どうしようもないことが、どうしようもないまま強固で、打開することがむずかしい。

モモの手を握る手にサンタがぐっと力をこめる。体じゅうが冷えていたから、温かいのはもうこの部分だけだった。

「ほら、じゃあ、充を呼べば? たまきはいやだ。充だってもう本当に、あと一押しでだめになりそうなんだよ。おうちに戻って来てるから、本当に呼べばいい。だって、自分を捨ててまで、当たり前だけど、充を助けるつもりなんてないし、モモちゃんのことを助けるつもりもないよ。充だって、たまきじゃなくて、お母さんの味方なんだから。たまきは誰でもいいの。例えば充でも、モモちゃんでも、全然かまわないけど、ふたりがたまきだけの味方じゃないうちは、絶対にだめだから、ふたりでは、一生だめってことなんだろうね」

「星野のことなんて呼ばないよ、私はもう、サンタちゃんみたいにして、星野なしでも生きてけるようになったんだよ」

「ほんとうに?」と問いかけるようにサンタが言う。

サンタのこんな態度ですらが苛立ちの対象で、モモはサンタを睨む。そのモモの細められた目を、サンタが大きく見開いた目でキャッチする。その睥睨《へいげい》はサンタのやわらかさに跳ね返されて、自らの心に向けられる。

「ねえ蜜の彼女、早く」と最後尾で出て行った男が、玄関から顔を出す。「蜜も呼んでるよ」

サンタに絡められていた指を、魔法をかけるような手の動きでそっと外して、身をひるがえして早着替え、彼らに追い付くために、玄関も閉まりきらないままで階段を駆け下りていった。

長髪の男が三人とそのうちのひとりの彼女が、二十四時間営業のマクドナルドに向かった。大通りに沿って歩いて目的地に着いたときにはちょうど日付が変わった十分後で、なぜか店の電気は消えていた。色のないMの看板が傍らにそびえ立つ、平べったいマクドナルドだった。

「入る?」と誰からともなく言って、蜜が自動ドアの「手をはさむな注意」という三角のステッカーのすこし内側を持って力を入れた。ぐぐっ、と自動ドアは手動でひらいて、蜜がひらっと手のひらで空気を叩いて、こちらを振り向かず、「入ろう」と言った。ひとり、ふたり、とそれに続いて、しんがりだった男が最後にちらとこちらを振り返る。店自体の電気は消えているものの、店の奥にはかすかに人がいるような気配がしていた。モモはそこから右足も左足も右腕も左腕も動かせないままでいた。

大通りには明るい看板が奥まで続いている。月はそのいちばん奥に立っていた。すぐに、「すみません開いてると思ってて」を含んだもごもごしたことばが店のなかから聞こえてきて、三人は矢のように飛び出してきた。モモは、一番前にいる男、つまり、侵入していくときに一番後ろにいた男と目が合って、男が思い切り吹き出す。そして、「なあ蜜」と、蜜に向かってモモを指差してみせる。「こいつ0じゃない?」

こいつ、というのが、自分を指しているのに気づくのにさえ、少し時間がかかった。0、というのには、蜜と蜜の友達が使う最高の侮辱として少し聞き覚えがあったから、自分はきっと憤慨するべきなのだろうな、ということもわかった。

「喋りもしないで、中に入ることもできないで、俺らが今出てきてさあ、俺らがさっき入って行ったときとまったくおんなじ顔でここに突っ立ってて、思わず笑っちゃったよ。サンタの友達か、蜜の彼女か知らんけど、俺らには合ってないよ」

蜜は黙っていた。蜜が、ペンギンの池のなかに飛び込んだ理由がわかった気がした。

蜜が自分の小指を大事にした理由がわかった気がした。文化祭のとき、ひとりで持ってもいない携帯を探していた蜜のことがなぜだか思い出されて、すると、蜜が抱えているものと、それを抱えながら蜜が必死に戦っているものが、もっとわかった気がした。モモはふらり、と進行方向を変えて、男たちから離れた。蜜がすぐにこちらに駆け寄ってくれれば考えてやってもいい、とモモは思い、蜜は、モモの右手首をぐっと摑む。

「そういえば」、自分の優位性を強調するような強い声。「サンタから聞いたんだよ、お前があいつの弟と結婚してる、みたいな話をさ、俺だって、そんなわけはないと思ってたけど」

「だって、蜜だって、蜜が別に私じゃなくてもよかったことくらい私わかってるよ。サンタが一個の男に定住しないタイプだったから私だったってだけじゃん。私妥協の恋愛なんていっ、かいもしたことないのに」と言ってから、最後の部分は嘘だなあと他人事のように思った。

「違う、俺はいつだって本気だよ」

「ねえ、私だって、その程度の本気だったらいつだって出せるよ」

「じゃあ今、これを、本当に、モモのために今、飲んでみせるよ」

蜜がズボンに手を入れ、右足に巻いていたのであろうゴムベルトからひとつの銃弾をつまんで取り出して、そのまま口に放り込む。それはいつか見せてもらった人差し指くらいの長さの銃弾とは違って、小指の半分くらいの長さのものだった。

そのまま口に放り込んで、口を閉じたまま、アスファルトの窪みにできていた水たまりから両手をコップのようにして水をすくう。その右のほっぺたからすこし突き出ていたその銃弾を、蜜はごくりと飲み込んでみせる。モモに向かって口を大きく開ける。

「ねえ、馬鹿」とその口腔《こうくう》の空虚《くうきょ》をからかうようにモモは笑う。「あんたが、知ってるんだよ私、あんたがさ、あんたが」くすぐられるように何度も笑ってしまい言葉が続かない。「なにかあるたび、その銃弾飲んでみせてさ、けじめつけるとか男見せるとかいうふうにしたがってるの。みーんなに笑われてんの気づいてないかもしれないけど。じゃあさ、いつもそのズボンの下にだっさいゴムベルトつけてんのも、それがあんたのお守りっていうより、あんたが男気を見せたい場面で適宜飲み込むためのもんなんでしょ。しかもデカいのもあんのにわざわざちっさいやつ選んで飲んでさ」

モモは蜜のズボンに手を突っ込む。モモの凍《こご》えていた手がひとときに温められる一方、蜜はモモの手の冷たさにわざとらしく身震いする。手の感覚で大きい銃弾を取り出して蜜と同じように飲み込もうとしたあと、えずいて口から銃弾を吐き出し、銃弾はモモの唾の気泡をつけたまま、アスファルトのうえに落ち、ころころと歩道の端の草むらまで転がっていく。

モモは蜜をにらむ。自分が、蜜のそんな無粋さが好きだったことを否定するつもりは毛頭ない。

わたしは蜜のことが好きなのだ。だってだって、蜜のことを好きじゃないと、おかしいからだ。でもそれは、さっきサンタが、あの男たちのことを好きだ、と言い張り続けたのと同じことなのではないか、と一抹《いちまつ》の不安が、モモの自信の隙間に、寄生虫のようにするりと入り込んでくる。

蜜を好きだ、と宣言することは、今わたしは、ちゃんと、星野ではなく、蜜のことが好きだ、と言うことは、そのまま、モモがこれからこういうふうにして、星野なしでも、生きていけるということの証明になった。つまり、星野と一緒にいたあの時間が特別だったというわけではなくて、モモは、星野以前、星野以後で変化して、星野以後の部分すべてが特別なのだ、という動かぬ証拠になった。

モモの心・技・体は数段階で進化してきたはずである。恋愛は革命だと思った。それ以外のことは退化と思った。蜜の道の踏み外し方は圧巻《あっかん》で、星野の道の進み方にはいつも迷いがなかった。そしてモモの彼らに対する愛し方も、宇宙を突き抜けて天国を蹴り上げるみたく迷いなく、圧巻のものであったはずだった。サンタが、激しくて信じられない、濁流のような人生を、せき止めるものがレンアイでしょ～と言っていたことを思い出すと、自分の生き方が、もうどうしようもなくみっともないように思え、考えるのもおっくうになる。

蜜。頭のすみっこからど真ん中のステージまで、蜜の手を引いてくる。蜜のことが好きで、自分には蜜しかいないと思っていた。だからこの日々のことも、星野と結婚しながら蜜と付き合っているのではなくて、蜜と付き合いながら星野と結婚しているのだと諒解していた。

今、その蜜に、「早く付いてけば？」と吐き捨てるように言う。モモはそのまま蜜の友達たちのほうを顎《あご》で指す。「あんたの大好きな大好きなともだちじゃん。もう次会ったときはさ、あんなかのどれが蜜かなんて絶対わかんないよ」

言われなくとも、というように蜜は肩をすくめてみせる。

雨は降っていなかった。月が大きかった。振り返ると、男たちの丸い背中が見えた。蜜だけは少ししてモモがついてきているかどうか確認したのかやはりこちらを振り向いて、そこでモモと目が合い、モモは首をゆっくり振って、右手を上げた。蜜はなにを思ったのか親指を立て、そのまま男たちのほうに向きなおった。蜜の背中が、右から何番目が蜜なのかわからなくなるくらい小さくなっていくと同時に、自分のなかにあったすごくすごく大きくて重いものが、ものすごい勢いで縮んでいくのがわかった。自分の心の奥の奇跡的バランスがあれよあれよと崩れていくから、両足に均等に力を乗せて、立っているのもやっとだった。

遠くのほう、ポストの少し手前くらいを歩く男たちの背中を頭の中で捕まえて、夜空に吹っ飛ばし、背中から夜空に貼り付けた。モモもその近くまで足から飛んでいく。

ひっくり返った虫が三匹、手足をバタバタさせている。左端の虫のところから右からふたつめの蜜を通り過ぎて、右端の虫のところまでゆっくりと横移動しながら、その鼻を、ちょん、ちょん、ちょん、とつついて行った。にこりと笑う。少し下に下がって、今度はちいさなかぶを抜くみたいにぽんぽんぽんっと皆の靴下を脱がして、そのまま手を離し、空中にひらりと落とした。次に小指をねじって、ちぎりとった。プールのなかにいるような感覚で、腕をひとかきすると男たちの頭上まで上っていくことができ、ちょうど男たちの右上にあった星に手が届いた。その星を破れないようにていねいに剝がして、携帯の画面のなかに押し込み、その★を長押しして星野とのトーク画面にまで持ってきて、そのまま星野に、★、と送った。流れ星を跳ね返すようにすばやく返信は返ってきて、「なに?」、「今」、「今?」、蜜の家の住所を送る、家までの道のりを歩いていく、たまに画面を確認するけれど、返信は返ってこない。

モモが渡した★と交換したみたいに、★野はすぐに蜜の家までやってきた。でもほんとうに星野かどうか確信はなかったから、おそるおそる玄関を開けて、その顔を覗き込んだ。星野を一年間目の届かないところに置いたみたいな顔の男と目があった。モモはじぶんの名前を名乗るみたいに「星野」と言った。とぅるっ、と星野の黒目が動いて、そしてそれでもう、お互いの黒目が、体ではなく黒目が、磁石みたいにくっついて離れなかった。星野の目は少し充血していて、モモの目は茶色かった。心臓を雑巾しぼりされたみたいな、全身にくっつき虫がついているみたいなこの感じ。

「星野」ともう一度言うと、星野も「モモちゃーん」と返して、力なくへへ、と笑った。

ハグをして、温度差のある体温とひさしぶりを交換する。

「早かったね」

「夏休みでしょ。実家に帰って来てたから、バイク飛ばしてきたんだよ」

「それはサンタちゃんに聞いてたよ」

ソファーに横並びに座った。ふたりの二の腕の間には一年分の距離が空いていて、十分に触れ合うことができない、とモモは歯がゆく思った。たまたまふたりともお腹を空かせていたから、冷凍庫にあったラップにくるまれたごはんをレンジで解凍して、塩を振って食べる。あふい、あふいね、と口を開けたまま思わず喋り合うと、自分たちが恐竜にでもなったかのように、口から湯気がぶわあと出てくる、笑い合うとそれもまた煙になる。

「一年でなにかが変わった？」と星野は、ソファーの背もたれに王のように手をかける。

「わかんない。でも十代の人に一年も会わないと、もう別人だってよく聞くでしょ」

「でも俺はぁ、ちゃんと頭ん中で一年モモちゃんを育ててたから大丈夫だよ。モモちゃんが成長しそうな部分がどれだけ成長してたって驚かないよ。当ててみせようか？」

「うん」

「男ができた」

「できてたけど、もういないよ」

「その人のことは好きだったの？」と訊かれ頷きつつも、あの頃星野にいつも感じていたような、なんでこいつのことを好きだったんだろうって男が、なんでこいつのこと好きだったのって女のことを好きだった、というような連鎖のバトンが、やっと自分にまわってきた気がしてモモは楽しかった。

「それは俺が戻って来たからでしょ？」

「『戻って来た』？　ただの帰省じゃなくて、やっぱりほんとに戻って来てたの？」

「まあね」と星野が天井を向いたから、その下の歯並びが見えた。星野の歯並びとはずいぶん久しぶりに目が合ったけれど、どの歯のずれ方もまったく変わっておらず、自分が記憶のなかで持っていた星野の上の歯並びとあまりにぴったり合ったから、懐かしさは貝合わせのようにかちっと心の隙間にはまる。

「多分だけどね」と星野はなおも言う。「出発したときとまったく同じ場所に戻って来たとは思わないけど、でもあの大学に戻るつもりはないよ」

「じゃあ星野はなにかが変わったんだ？」

「たくさんのことがね」

「ふうん」とモモは星野のほうにお尻をすこしずらす。「そりゃ、一年頭の中で育ててたってわけにはいかないけど、私は星野のこともときどき、たまにだけど、思い出してたんだよ」

「どんなとき？」

「なんだろう」とモモは答えはわかっていながらも考えてみせる。「男のひとがゴムをつける瞬間とかかも」

「最悪だ」とモモが笑うと、星野がそれに被せて「うわー、最っ高やな！」と笑う。なぜあのときあんな色のゴムをつけていたのか、とよくよく聞くと、星野は「いや俺は、してるときに突然笑い出す女の子みたいなのが性癖《せいへき》っぽいところあるから」とかなんとか答えた。

「全然わかんない、私がもし男だったら、そんなことされたらみじめすぎて萎えちゃうかも」

「俺は負けるのが好きだから。学校でもずっとそうだっただろ」

「わざと負けてたつもりだったの？」

「戦いからフォールドするのが生き残る手段だったんだよ、頑張らないのがかっこいい、っつうのとはちょっと違ってさ」

モモはうなずく。

「だって俺、完璧なやり方を、幼稚園のときに見つけちゃっただけだもんね、ランダムな集団で生き残るかんっぺきな手段をさ。でもこの手段を使えるのはたった一人だけで、二人目からはダメ、これは一枠《ひとわく》しかないからね。あと勉強もできないと始まらない。底辺高校でこれやったっていじられキャラになるだけだから、それなりにいい学校には行かなきゃならない。モモちゃん、モモちゃんは気づいてないかもしれないけど、俺みたいな奴は、各学校に絶対ひとりはいるんだって。意地悪を言うつもりじゃなくて、でも、モモちゃんはそのどいつと恋愛してても構わなかったんだよ」

そのやり方、というのがどのようなものか、星野は星野の人生ツアーをめぐるようにゆっくり説明した。

それは、簡単に言うと自らピエロになる、それも、人が馬鹿にすることができない〈ピエロの具合〉行き過ぎて笑えない、という絶妙なピエロ度合いを、お菓子作りで湯せんの温度を一定に保つように、常に調整する、という、それだけの方法だった。そのすべては、常識を知っているものしか非常識なことをできない、というような至《し》極《ごく》シンプルな理論に基づいていて、星野がアレンジした細かな注意点もあるにはあったけれど、それでもモモには、突然、解明不可能だった星野という生き物がとても単純なものに思えてきたあまり、拍子抜けしてしまう。

昔、星野がそのあまりの複雑さをもってして自分の想像のなかから脱走するのが怖かったのを覚えている。それは、星野が自分より複雑でも単純でもないままに、つまり自分が、星野と、まったく同じ柄のままであり続けたかったということなのだと思う。モモは、ブラックボックスの中身がまったくもってあっけないものだったときのような空虚な落胆を、ぎりぎり喉のところに置いたまま、落っことさないように気を付けていた。

「でも、そんなふうに各校にひとりの俺がいて、トーナメントみたいに大学とか社会でぶつかるようにできてるんだとしたら俺以外の俺はどうしてるのかなと思うよ。例えば、各学校で明らかに一番だった奴はやっぱり戦い合うわけで、でも俺たちはどうすりゃいいのかなぁ。誰が最下位になれるかっつう競争かなぁ。でもやっぱ、どうやったって行き止まりなんだよ。俺の中で俺は一番なはずだから、間違いはないと思う。どうやったって行き止まりになってしまう生き方はやっぱりあるんだよ。で、それが俺の生き方だった。くじ引いたら外れだったたってほんとそれだけなんだけど、やっぱ楽なもんには裏があるよ。ほんと、俺の生き方はもうどこでだって通用しないんだよ。俺が結婚してるって言ったたって、十九歳じゃ、大学生じゃ、もう誰一人笑わないんだよ。へえ、すごいねえ、じゃなくて。じゃなくてさ、結婚してんだよ？　俺がだよ？　十分おもろいだろ、笑えよ、キッショいな全員。ほんとあいつらはどうしようもないよ。でも医学部の奴らが悪いってわけじゃないと思うんだ。俺が、俺の話なんだよ、これは。本当に、陸で泳いでるみたいだ。陸で泳いでるみたいに生きてるみたいだ」

星野が最後の二言でおどけたから、連動するようにモモも笑う。

「ほらあ、中学のとき、リレーのアンカーになってさ、クソ遅くてクラスから責められてた奴がいただろ、水泳部で、泳ぐと県で何位とかのさあ。そんな奴のことはどうでもいいけど」

「どうでもいいのになんで出したの」

「脳のキャパの無駄遣いだ、ほんとにちょっと思い出しただけなんだよ、だし、すぐ追い出すよ、こんな奴」と星野は顔をしかめる。「ほら、出てけ出てけ」と頭を叩く。

モモは笑う。

「だから高校を卒業して残ってたのは思い出とかじゃなくて、処世術だけなんだと思うよ。処世術を大事に抱えて死んでたって馬鹿みたいじゃんね。だからあ、なんだろう、世界の終わりに備えて護身術だけを特訓してた奴が、最後サバイバル能力のなさゆえに死ぬみたいな不甲斐なさがあるよね、ほら、火すら起こせなくて凍え死ぬみたいなさ。だからつまり、生き残り方だけを知っていて、生き方を知らなかったんだよ。でもそんなのは仕方がないことで」

星野と自分は、同じ種類の動物である、それは、ふたりは同じ生態を持つから、つまり、同じ生き残り方を試みていたからだ、とモモは信じて疑ってこなかった。その星野が、俺の生き方ではどうにもこうにも行き止まりだった、と言うのなら、自分も、ここで行き止まりでないとおかしいだろうと思った。生き残った恐竜ってのはいないんじゃないか。絶滅危惧種《ぜつめつきぐしゅ》ってのはやっぱりすぐに絶滅するんじゃあないか。

モモにとって、生活は手段で武器だった。そして恋愛はその道具だった。だからもう、武器として機能しなくなった生活は、安全でおだやかでたのしい生活は、もはや道具でない恋愛は。自分が動かすウォーターバルーンは高校を卒業するとあえなくはち切れた。泡のなかのマリオのままで進んでいくことはできない。これまでの人生でぽしゃっちゃったこと、いっこずつ、これからの人生をかけて、大丈夫にしていかなくちゃならない。でもすべてを大丈夫にするには、ほんのちょっと量が多すぎるかなぁ。

ソファーに横並びに座っていたから、ときたま冷たい耳たぶどうしは乾杯でもするみたいにこつんとぶつかった。それは中高生時代の、胸が小さなハート形にキュッと縮むあの感じに少しだけ似ていた。

「生き方を学ぶのにはもう遅いかな?」

「だってもう十九なんだよ。死は目の前だって感じがするよ。俺はもうだめだ」と星野は手でばってんをつくってみせ、モモは声をあげて笑った。「そんでもうすぐ死ぬなら、生き残る必要なんてないって気がする」

星野と目が合った。やっぱり今の星野は★野ではなくてどうしようもなく星野だ、と思った。それはあの頃の星野はモモの恋心を反射してぎらついて見えたから、というのとは全然違う。

どうせ、人生のなかではやく死にたい日ともっと長生きしたい日は半分半分くらいだった。だからってプラマイゼロってわけじゃなくて、その半分半分の総算が人生だっていうのは、なんだかおかしい気もするなあ。どんどん血液は頭のほうに上ってきて、脳のネジをくるくるんっとゆるめる。脳のしまりは緩くなり、身体の関節がだんだん砕けていく。

関節をひとつも持たない軟体動物のままで、クローゼットを開けて、星野のために新しい歯ブラシを下ろしてあげる。歯磨きチューブをそのうえににゅっと出す。

蜜が蜜でなくてもよくて、たとえば蜜は星野でも構わなくて、そのうえ星野が星野でなくってよいと言うなら、ならわたしは？　と思う。わたしは、違う母親の産道から産まれてもよかった。この歯磨きチューブの先から生まれてきてもぜんぜんよかった。わたしはわたしじゃなくても別によかった。

色とりどりの飴《あめ》みたいな思考を、脳みそのでこぼこん中でころころころ転がして、最終的にぜんぶが、あるくぼみのなかにすっぽりと収まる。モモは、恐竜サイズの希望を滅亡させたのち、つよく、つよく、つよく、その手を引いて、「星野と、ここから抜け出そう」と思った。

わたしは星野に救い出された、とモモは思う。だから、星野はわたしの特別だ。でも、星野はわたしに救い出されてはいないし、わたしは星野の特別ではない。片思いではない、はずだけど、特別の、矢印の先が一個しかないっていうか、それが、向こう側に向いてるっていうか、とにかく、平等じゃない。だから星野は、まだこれからトクベツを見つける旅に出なきゃいけないんだよ？　そして、それはほんとうに、途方もないことだよ？　問題が解決した人とそうでない人がいて、おしまいおしまい、のタイミングをお揃いにするには、どちらかが主人公である必要があるね。まるでわたしが、どっかのプリンセスであるみたいにね？

ソファーであぐらをかく星野の鼻の先に、手をお姫様のように掲げた。その手の甲を星野はわざとらしく噛んで、手の皮が伸びていくのが目に見えた。皮がぐっと伸びて、そしてぷちりとちぎれたその瞬間も目に見えた。ふたりは目を合わせて笑った。

今度こそ、この両腕へ、花束みたくすべての選択肢を抱えさせてほしい。人に、世界に、ひとつぶでも期待をかけたりしないように、自分が、わたし自身が、すべてを手に入れることができたら。自分と世界との境界線をためらわずに引けるようになれたら。どん、とこの両手に世界があって、それを自分とそうでないものに切り分けろ、と言われたら、ケーキを三つに切り分けろ、と命令された非行少年みたくバグってしまうねえ。明日と今日は死んでみて、あさってにはまたスキーなんかに行きたい。自分のことを大好きな恋人がほしいし、わたしのことをぜんぜん好きじゃない恋人もひとりほしい、すべてへの許しがどうしてもほしい。物語に出てきても発射されない銃があればいい。友情も恋愛も仕事も生活もしない人間たちが出てくるお話があればいい。すべての許しをあなたにあげたい。

そうこうするうちに、自分の身体に、黒ひげ危機一発、みたいに、男は挿される。あはは、と思わず笑ってしまって、すこし頰を紅潮させた星野と目が合った。

日常が食いつくされていくのとまったく同じスピードでお互いを食べつくす。むかしむかしあるところに、のリズムで、心臓抜きで心臓をふいっと抜いてみせる。ふたりの世界に身体なんてほんとにいらないよね。お互いの身体がお菓子の家ならそんなに最高なことはないよね。お互いがお互いのゲーム機で、お互いがお互いのお菓子の家で、お互いがお互いのペットで、家で、食器で、お箸で、そういう関係性ってサイコーだよね。

耳をかじるとじゅわっと、わかるかな、高級な肉が溶けていくあの感じで口のなかでほどけていく。あったかいものにじゅわりと包まれて、固体が液体へと変わっていく。キスするとそこから、触るとそこから。肩はいつだって硬かったけど、HARIBOを噛むあの感覚で噛みちぎれる。食い散らかすってこういうことなのかな、共食いっていうか、共依存っていうか、わたしたちはそもそも、死のうなんてことは一度も思ったことがないし、食べたら死んでしまうっていう危機感もあんまりないんだよね。魚を箸で開いていくとき、その魚を殺そうというつもりで食べてはいないのと同じだった。お互いにひらいて、食べる。ひらいて、食べる。こんなきもちぃことが他にあるかな。ディズニーリゾートラインがそのままディズニーランドに繋がるように、集中はそのままこのもぐもぐとした楽しさに繋がっている。

咀嚼《そしやく》したものをごくりと飲み込む。喉仏《のどぼとけ》は死刑執行のレバーみたいに上下する。星野を見る。

ふとかかとに冷たさを感じてモモは、足の裏までめくれていた靴下を脱いで、かかとにある正体不明のできものを撫でた。ほくろは、右手首に大きいのがふたつ、小さいのがひとつ、左手首に大きいのがひとつ。順に撫でていく。手の甲には蚊に刺されたあと。中指には鉛筆のマメ。あと顔にふたつ、背中じゅうのニキビ。ことばをモールス信号で翻訳するみたいに胸のニキビを点字として読んでみる？　読んでみようかぁ？　こっくりさんの表の英語版をスマホに表示させて、アルファベットごとに星野とモモとで交互に、b、i、o、m、e、j、o、u、r、n、e、y。

モモと向かい合うように女の子座りする星野の二本の足首が、星野の身体の両脇からはみ出しているのが見えた。身体を挟み込むようにして両方の靴下を脱がした。そのまま手で顔を挟み込んでキスをする。唇は離さないまま、自分の両手を星野の両頬から腰へ、そして両太ももを辿って足首までたどり着く。かかとから足の指へ、そこから二本の小指に手がかかるまで時間はかからない。ハートの形の心臓をきゅっとひねるみたいに、両方の小指をねじりとる。投げ飛ばす。キスをしてるとき、これはまるで、まるで、音楽みたいだってことがある。じゃんじゃかじゃん、トランプタワーを崩すみたいにお互いを崩し尽くしていく。前歯の裏になんだかスジのようなものが挟まった気がして、舌でこそぎ取る。これは、星野の、いや、わたしの、どこのなにかな。もういよいよ佳境で、あらゆるところが液状化して、食べるというよりスープを飲むみたいなふうになってくる。

伝説のアイドルがマイクだけをその床に置いてステージを去るみたいに、わたしたち最後目だけになったの、全員わたしに嫉妬してないのがおかしいくらい、目だけになったの。丸いものが四つ。息を上がらせて、はぁはぁ言いながら、やっぱり四つあるの。あたりはなにかの熱で、マラソンを終えたあとのほっぺたみたいに熱いよ。

ころん。意外とでこぼこだねぇ、そうだねぇ。ころりん。裏側は見ないでよ恥ずかしいからわかってるよでも俺のほうが背が高いから見ようと思えば見えるんだよ、でももう身長なんてないから、そう、モモちゃんはふたりの身長はそんなに変わらないって主張してたけど鏡なんかを見れば一目瞭然だったんだからさぁ、今はもうそれを証明する手段はないけど。じゃあどっちのほうが大きいかなぁ。どっちのほうに才能があるかなぁ。つるん。わたしさ、裸眼《らがん》でいても、「モモちゃんカラコンしてる?」なんて言われるくらい瞳がかわいかったからさ、でもまあ顔全体で見たらかわいくはなかったんだけど、だからまあ、この状態はね、不本意ではないかも。ねえこんなんじゃチューもできないね、でもほら蜜、蜜のともだちなんかはさ、そいつが面白い奴かどうかは目を見ればわかるって言ってたんだから、だから星野も、世界人類が目だけになってもちゃんとね、大事な人は見つけ出せたんじゃないかなぁ、ねえ、わたしはここにいるんだからそっぽ向かないで、向けるわけないよ……。

それにね、こっから巻き返す必要もなくて、ね?　取り返せるよ、そっくりそのまま。

どろんどろん、ででんででん。

わたしの鼻があと数センチ高かったら、歴史は何ミリ変わったかな。隣にいるのは星野じゃなかった？　まさかね。何回死んでも、どの未来でも、また会いましょう。モモ、１００％だよ！　恋人は０パー、小説も音楽も０パー、どんな人間も、どんなカルチャーも、ここを一歩も越えさせない。

さあ、わたしが、手を叩けと言ったら迷わず手を叩いてほしい。

ぱん、ぱん。

いろんな音楽が、小説が、映画が、ともだちが、家族が、通りすがりの人が、あんたに語りかけてきたはず。でもどんな一押しが、最後の一押しになるかは、わからないから。抜け道は必ずあるよ。生にはエメンタールチーズみたいに穴が空いている。わたしは、逃げたわけじゃない。消える方法があるなら、現れる方法もぜったいあるはず。死ぬ方法があるなら、生きる方法もぜったいあるはず。きみだって死のうと思ったタイミングで死んでいたらね。生きようと思ったタイミングですべて生きる方を選んできたから、その死だっていつか生に化けるよ。

ぱんぱぱぱん。

また戻ってくるよ。なにもかもが、叶うような気がしているんだよ。そう、生から死を押しのけて、生きていくことは、きっと楽しいよ。だからわたしを見ていて。あなたの、どんな選択も、すこしも間違いじゃなかったってことは、きっといつか証明できる。

ぱん。

この世にあなたは何人いるだろうか？　誰の脳裏に、誰の洋服棚に、どんな絵画や小説や映画に、住んでいるだろうか。そしてそれらはすべて分霊箱《ぶんれいばこ》たり得る。そのうち何人か殺して幾人か殺されて、残りを全員愛せばきっと、潮《しお》の満ち干みたいに迫りくる死線から、ひとりくらいはさ、あれを全うすることができると思うよ。

全身の力をふっと抜く。真っ黒い、大きな球が見え隠れする意識のなか、★野が「だいじょうむ。じゃーに〜」とこちらに向かって手を振る。Biome journey, goodbye friends. 寝ても覚めても、私、の明日がもうすぐ、来る。拍手！

初出　「文藝」二〇二三年秋季号

装画　中居ベル
装丁　佐藤亜沙美

日比野コレコ
（ひびの・これこ）
二〇〇三年生まれ、大阪府在住。
二〇二二年『ビューティフルからビューティフルへ』で第五九回文藝賞を受賞し、デビュー。

モモ100%
二〇二三年一〇月二〇日　初版印刷
二〇二三年一〇月三〇日　初版発行

著者　日比野《ひびの》コレコ
発行者　小野寺優
発行所　株式会社河出書房新社
〒一五一-〇〇五一
東京都渋谷区千駄ヶ谷二-三二-二
電話〇三-三四〇四-一二〇一（営業）
〇三-三四〇四-八六一一（編集）
https://www.kawade.co.jp/

組版　KAWADE DTP WORKS
印刷　三松堂株式会社
製本　三松堂株式会社

Printed in Japan
ISBN978-4-309-03146-0
落丁本・乱丁本はお取り替えいたします。

文藝から生まれた本

何食わぬきみたちへ　新胡桃

向き合わずにいられて、安全圏で生きられて、いいな――。イジメを見てみぬふりした自分に嫌悪を抱く伏見と、障がい者の兄と暮らす敦子。傷だらけで世界への違和にあらがう高校生たちの物語。

##NAME##　児玉雨子

光に照らされ君といたあの時間を、ひとは〝闇〟と呼ぶ――。かつてジュニアアイドルの活動をしていた雪那。少年漫画の夢小説にハマり、名前を空欄のまま読んでいる。第一六九回芥川賞候補作。

あなたの燃える左手で　朝比奈秋

ハンガリーの病院で、手の移植手術を受けたアサト。しかし、麻酔から覚めると、繋がっていたのは見知らぬ白人の手で――。自らの身体を、そして国を奪われることの意味を問う、傑作中篇。

迷彩色の男　安堂ホセ

〈怒りは屈折する〉。――都内のクルージングスポットで二六歳の男が暴行された姿で発見される。事件の背後に浮かびあがる〝迷彩色の男〟を描いた、最注目作家の第二作。

煩悩　山下紘加

友達でも恋人でもないけれど、私たちはほとんど一つだった。それなのに、どうして――？　過剰に重ねる描写が圧倒的熱量をもって人間の愚かさをあぶり出す、破壊的青春小説。

日比野コレコの本

ビューティフルから
ビューティフルへ

日比野コレコ

絶望をドレスコードに生きる高三の静とナナは、「ことばぁ」という老婆の家に毎週通っていて――。たたみかけるようなパンチラインで語られる高校生たちのモノローグ。第五九回文藝賞受賞作。